nem sofá,
nem culpa

nem sofá, nem culpa

Luisa Cretella Micheletti

2ª edição - São Paulo, 2018
ISBN 978-85-92875-39-8

LARANJA ● ORIGINAL

- 7 PREFÁCIO

- 11 Vila Ida
- 21 Matrioska
- 27 Colher
- 37 Vertigem
- 53 Manhattan
- 65 Telepatia
- 79 Gatuno

- 91 POSFÁCIO DA AUTORA

Histórias vividas e transformadas

O belo livro de Luisa Micheletti surpreende sob vários aspectos. Extremamente bem escrito, passou por oficinas literárias e um rigoroso trabalho de depuração no preparo de sua primeira edição, trazendo histórias específicas a cada conto, em roteiros de grande complexidade.

Há também entrelaçamento, pois os contos se inspiram em episódios vividos pela autora – mas recriados de maneira puramente ficcional e envolvente. A continuidade, porém, se dá pelo mesmo salto cinematográfico de 2001, quando a descoberta de uma ferramenta leva à construção da nave espacial.

Os ricos detalhes da infância em 'Vila Ida', por exemplo (que mesmo pertencendo à intransferível memória pessoal transbordam de maneira clara ao inconsciente coletivo), começam pela cena de nascimento da autora mostrada em 'Matrioska', a história de várias mulheres que a antecederam, todas de natureza forte e interligadas astrologicamente. É quando quase se ouve a mais linda sinfonia de Beethoven, apenas pela descrição do evento.

Também nos contos 'Colher' (passado na Inglaterra), 'Vertigem' (nos EUA) e 'Telepatia' (um diálogo com a personagem Lavínia, de Shakespeare) percebe-se ser a mesma atriz em busca de aperfeiçoamento e oportunidades de trabalho. Já em 'Manhattan' ela vive uma história de amor, que surpreende sobretudo pelos diálogos – o que por certo se relaciona à trajetória profissional da autora, em seu constante contato com roteiros teatrais.

E finalmente 'Gatuno' encanta pela descrição e compreensão do ponto de vista de um gato (sua personalidade, os pensamentos e sentimentos), na relação que se estabelece com a dona – e vai-se descobrir na associação metonímica *gato-gatuno* não um mero acaso. Técnica narrativa apurada, trabalho primoroso de lapidação, e tudo para o bem do leitor: a sorte de poder se deparar com livros assim, oferecendo textos que exploram a verdadeira arte literária.

Filipe Moreau

All the strangers came today
And it looks as though they're here to stay
DAVID BOWIE

A ideia é tirar a tarja preta
e pôr o dedo onde se tem medo
FLORA FIGUEIREDO

Vila Ida

Uma vez, lá pelo fim da minha infância, um caminhão passou pela estreita rua onde ficava a casa dos meus pais. Era uma rua muito pequena para um caminhão. A caçamba alta bateu na copa da árvore em frente a nossa casa e quebrou parte do tronco. Muito sangue brotava do ferimento e escorria pela casca até o chão da calçada, onde nomes e datas tinham sido tatuados no cimento anos antes. O sangue era sangue mesmo, viscoso e laranja, igual ao do Popi, meu primeiro cachorro atropelado na Av. São Gualter na mesma época em que tatuamos os nomes.

No dia seguinte, havia um curativo. Encontrei a árvore enfaixada com grossas tiras de gaze na volta da escola. O espesso galho que no dia anterior pendia tinha sido amarrado com uma corda e no centro da ferida uma massa marrom e grudenta fazia a liga entre a árvore e o membro quase decepado. Minha mãe explicou: a vizinha misturou mel e outros materiais orgânicos e remendou a árvore. Eu nunca tinha visto uma árvore no hospital. Minha mãe disse que nossa vizinha era diferente.

– Diferente como?

– Meio hippie, ela falou.

* * *

Jason caçava o *beagle* na esquina quando saía sem ninguém perceber, antes do olho furado por causa da diabetes. Duas injeções por dia e aquele cone no pescoço impediram as fugas mais tarde, mas no começo escapava quase todo dia. Sacolejava a anca gorda e o rabinho marrom com a ponta branca sobre o asfalto pintado de verde e amarelo desgastados dois anos depois da copa de 94. Perdia uns minutos farejando o Roque pelo portão, mas o Roque de vez em quando rosnava, então ele dava as costas meio magoado, talvez por não ser pastor, ou talvez por se chamar apenas Nuni. Melhor assim. Poderia se chamar Bebeto, o que seria confuso porque Bebeto é também meu primo. E ninguém nunca soube explicar como, nem por onde, o Nuni escapava. A sorte é que Jason sempre flagrava antes do cachorro dobrar à direita na Alberto Seabra. O jeito certo de dizer é Jazôn. E o jeito certo de dizer o nome do *beagle* é Nuni mesmo, e não Nunes, como meu tio Renato pensava que era, como se fosse um sobrenome de contador ou engenheiro. O Jason sempre dava nota 8, às vezes 9, para meus grandes saltos de patins. Eu tinha que tomar muito impulso na parte reta da rua para voar sobre a lombada bem no começo da descida. Cada uma das falhas na calçada por baixo das rodas tinha um nome. Paraná, Uga, Fiana e Plátano. Cada racha que sumia numa reforma acabava se repetindo meros cinco meses depois ou, pior, brotavam renovadas em antigas falhas, meros cinco metros dali.

* * *

Os cinco anos a mais da Nanda faziam dela uma empreendedora visionária com quem eu deveria colaborar se não quisesse tomar cascudos. Foi dela a ideia de vender gelatina. Diferente da prima, ela já sabia andar sozinha na rua e pegar ônibus. Empunhava a panela de água fervendo com todo cuidado para misturar pó

Royal e derramar o líquido nos mini-copinhos plásticos de café perdidos atrás de enfeites de aniversários passados, guardanapos, mulheres-maravilha, velas usadas de 4, 5, 6 e lâmpadas reservas. Apesar de toda sua maturidade pré-adolescente, ainda se divertia brincando comigo e com os queridos pôneis na sala enquanto a gelatina endurecia na geladeira. Eu tinha dois pôneis, um rabo arco-íris extra com tic-tac e um pente. Ela, três pôneis, a baia azul que abria a porta e quatro sapatinhos cor-de-rosa para os cascos. De quando em quando tinha que olhar se a gelatina estava dura. Apoiava o dedo na gosma e se não afundasse é que estava bom. Os copinhos eram colocados num isopor à tiracolo que a gente revezava de ombro. Só havia dois sabores: morango e um amarelo que não sei bem o que era. Mas todo mundo sempre queria morango. O copinho vinha sem colher. A gente saía andando pela Aldo de Azevedo, descia até a oficina mecânica despedaçada do seu Otávio, segunda à direita e, quatro quadras depois, a lateral da padaria Milagrosa, onde o ônibus Praça Ramos parava antes de voltar até o centro da cidade. O seu Otávio comprava sempre, acho que pra dar uma força ou entrar na brincadeira. Minha mãe não gostava que eu andasse a pé sozinha ali. Dizia que a Padaria Milagrosa era um boteco sinistro. Era hora do almoço e as pessoas queriam sobremesa. Por isso saía bastante, nossa gelatina. Os copos de plástico, de tão rasos, decepcionavam alguns clientes; mal começavam a curtir o sabor, e já davam com os fundilhos.

* * *

Sempre desconfiei do Tupongo. Ele me olhava com aquela cara de quem não entendeu, mas gostou, de quem não achou graça, mas ri mesmo assim. Nunca gostei muito desse humor supostamente estável que veste um sorriso a despeito do que se passa por baixo do crânio. Para piorar, os óculos mudavam sua expressão completamente. Com óculos era um, sem óculos era outro. Mas eu amava aquele coelho. Tinha pés e mãos humanos de plástico, diferentes do resto do corpo, que era pelúcia. Os olhos azuis e duros e as orelhinhas pontudas e retas eram amarelas. Pensei que nunca fosse conseguir agarrar bicho nenhum naquela maquininha de gancho, mas meu pai ensinou que tem que olhar pelo vidro do lado para entender a profundidade de suas situações. Pegamos o Tupongo num domingo de férias no fliperama do shopping Eldorado. Quem deu o nome foi Ricardo, filho da minha madrinha. Ele disse: "o som dos saltos dos coelhos é assim, tupongo, tupongo." O Ricardo era um gênio cruel. Gênio porque sabia mexer em fios elétricos, criar robôs, controles remotos de carrinhos, montar aviões, coisas assim. Cruel porque colocava tijolinhos em miniatura sobre as asas das borboletas vivas quando a gente ia para Maresias. Lá tinha muita borboleta e também pitus, camarões de água doce, que ele passava horas observando no riozinho do lado da casa. O Tupongo ia com a gente para Maresias e me fazia companhia enquanto os adultos jogavam pôquer noite adentro. Na rede, na varanda, ou no sofá assistindo as vinhetas dos atores da Globo cantando, dando cambalhota ou dançando a polca para fazer um 92 diferente. Uma noite, conversei sério com Tupongo. Ele podia se abrir comigo, a gente era amigo. Óbvio, enquanto a casa dormia, ele passeava e vivia uma vida normal de coelho de óculos. Tentei libertá-lo, empoderá-lo, mas ele me olhava com aquela cara sonsa e submissa. Até tentei entender o medo que ele tinha de eventualmente se perder de mim nos passeios noturnos e por isso escrevi meu nome na sola do pé esquerdo dele com caneta hidrográfica. Não adiantou. Tupongo nunca confiou em mim o suficiente para compartilhar sua verdade e elevar nossa relação a um novo patamar. Com os anos, a tinta hidrográfica foi penetrando pelo plástico e a nitidez do meu nome se perdeu. Tupongo terminou a vida com o pé completamente azul.

***

Dona Helena tinha 32 gatos. A maioria vinha fazer cocô no pequeno jardim da casa dos meus pais e isso deixava minha mãe furiosa. Ameaçava chamar a prefeitura para recolher os cagões sempre que se deparava com as bostinhas na grama, mas não tinha coragem. Menos por afeição aos bichanos, e mais por trauma de ovo. Tempos antes chamara a prefeitura para recolher Menina, a vira-lata branca e preta que também fazia nossa casa de banheiro e os garotos da Aldo de Azevedo brindaram nossa porta com 19 ovos. A população de gatos da Dona Helena oscilava entre 28 e 35 espécimes. Cobriam amplo espectro de cores, idades, tamanhos, ferocidade, visões políticas. Sempre que morria um, nasciam mais três, por isso ela dizia ter 32, sempre. Uma vez, a Eva, que trabalhava lá em casa, a moça mais preta do mundo e que fazia o pão de batata mais redondo, atravessou a rua comigo e tocou na casa da Dona Helena. Até então, ninguém do meu universo havia entrado ali, na galáxia vizinha. A casa fedia num tanto que quase não consegui me manter em pé. O pior é que nem sentar dava. Os dois únicos sofás cor de vinho velho, desfiados de cabo a rabo, estavam tomados por felinos, uns dez tigres em cada. Fiquei em pé mesmo, ouvindo a conversa dos adultos, tentando respirar o menos possível. A Eva devia ter uns 26 anos, era encorpada, vinha de algum lugar da Bahia e usava roupas coloridas com faixas no cabelo curto. A Dona Helena tinha quase mil anos, mãos de maracujá, um ou outro dente e enormes cabelos lisos, completamente brancos. Os peitos dela batiam na cintura. A escola Vera Cruz havia mandado cada aluno pesquisar o bairro em que morava e apresentar a história para a classe. A Eva achou uma boa irmos conversar com a vizinha. Colei umas fotos da Dona Helena numa cartolina azul e escrevi a lápis tudo o que ela me contou. Era a pessoa mais velha do mundo, talvez do bairro inteiro. Já era uma moça quando a Vila Ida não passava de uma chácara com pomares, riachos e muitas carroças. O sobrado foi construído com um mutirão, tijolo trás tijolo. Gente nova chegava de Minas Gerais pela estrada da boiada, hoje a Diógenes Ribeiro de Lima. Helena se casou ali mesmo, na rua, durante uma quermesse enfeitada com velas e bandeirinhas coloridas penduradas nas árvores. Só mais tarde a empresa inglesa City passou a lotear a chácara, planejando algumas áreas e se esforçando para que os pastos se parecessem com parques ingleses, como a praça Bennet. A paciência britânica frutificou, as mudas cresceram e, décadas depois, muitas delas têm algum aspecto de parque. Há trezentos anos o marido dela se foi, e Helena passou a colecionar gatos. Um dia, alguém de outra rua veio deixar um gato abandonado na casa dela. A velha saiu destemperada a gritar:

– Sumam! Vocês acham que minha casa é creche!?

* * *

Há quanto tempo a casa da rua Boquim estava abandonada era um mistério. Talvez nem os vizinhos próximos soubessem. Foi preciso três encontros no porão da casa dos meus pais para decidir o que fazer com aquele lugar. Eu, o Levy, o amigo alto dele e a Juliana. O Carlão japonês ninguém quis chamar, porque o Carlão era barra pesada demais. Fumava Marlboro e via pornografia. A pequena gangue decidiu por consenso pular o muro e explorar a área que o bairro parecia ignorar. Tinha até mapa feito a lápis no papel de computador da firma do meu pai. Orientei os comparsas a vestirem suas melhores roupas, de preferência Nike ou Tickets, e se tivessem polos Ralph Lauren, melhor ainda. Em vez de vândalos, eventuais testemunhas pensariam que a gente era playboy. As trepadeiras despencando, o portão incandescendo de ferrugem e os descascados na pintura das paredes despedaçadas passavam batido no vai e vem dos moradores. A rotina atarefada das casas de quem achava longe morar em Alphaville, mas não tinha bala para morar no Morumbi, não dava brecha para especulações além muro. Nesse refúgio arborizado semi-chique na Zona Oeste da metrópole, cada um cuidava do seu. A casa não ter sequer uma placa de "vende-se" ou "aluga-se" indicava o gélido abandono da propriedade. E se um corpo aguardasse um resgate há anos? E se um cachorro tivesse sido esquecido? Era preciso agir. O Levy fez pezinho e a Juliana, que era a mais leve, pulou a grade. O amigo alto do Levy tentou pular sem ajuda, mas não era alto o suficiente. Tive que subir no ombro dele e saltar eu mesma o portão. A sorte é que não tinha lança e eu fazia ginástica olímpica. O Levy subiu logo atrás e como não sobrou ninguém para ajudar o amigo alto, que era o último, ele acabou ficando de fora fazendo a ronda. Caso algum suspeito aparecesse, o combinado era gritar o código de fuga: "olha o gato"!

A porta da frente trancada. A maçaneta acobreada sequer girava. Mal se viam as lajotas frias sob lagartas, formigas e folhas de vários outonos. O corredor externo da casa levava até uma floresta que um dia fora um jardim e onde quem sabe um casal vivera seus melhores dias, acompanhado de um feliz cão salsicha. A mata fechada e a gente agachado para atravessar o verde, tentando não esbarrar nos casulos pendurados, raízes aéreas embaraçadas, sem canivete no bolso. Haverá cadáveres? Fósseis? Possivelmente uma nave alienígena estacionada? Juliana, a mais magrinha, conseguiu atravessar a densidade do mato antes de todos e chegar no tal quintal. Soltou um gemido aflito tentando avisar que a visão era horrível. Não respondia mais. As bochechas coradas do Levy foram gelando, gotinhas de suor brotavam do nariz. "Vamo embora", ele disse, "vamo embora!". A Juliana, mais quieta do que nunca, e eu rastejando por baixo do mato. Quando finalmente alcancei os pés dela com as mãos e consegui me erguer sobre o *deck* de madeira abandonado, não era um velociraptor bêbado, nem crianças amordaçadas. No fundo do quintal da casa abandonada, sob os álamos negros, transbordava o mais viscoso líquido da piscina enlodada, tomada por hordas de girinos que se mexiam em grupo num movimento circular uniforme.

* * *

Minha avó não conseguia amarrar meu cabelo com elástico. Suas mãos chacoalhavam sempre que fazia força. Xuxinhas quaisquer, meta impossível, mas insistia. A pele era muito fina, quase uma película transparente, condição para a qual a epiderme de minha mãe também caminhava. A aparência de vovó impressionava pelo contorno demasiado frágil para dar conta de toda a vida que corria por baixo. Seu braço ficou empelotado com o tempo. Pelotes grandes, mas sem significado. Vovó se maquiava para ver novela. Veio viver duas vezes com a gente. Na primeira eu era criança e não gostava do meu cabelo. Não sei ao certo quantos meses ou semanas ela passou ali, mas gostava de desafiar as condições adversas e elaborar penteados para eu ir para a escola. Não se sustentavam e caíam antes da hora do recreio.

Matrioska

Aos treze graus de Sagitário, dilatava rumo aos limites do círculo, claro insulto aos astros mais distantes das orgânicas córneas. Absteve-se de escolher. Determinara que faria parte de tudo e de propósito cravou-se, limiar da primeira, cúspide da segunda; assim, seria ambas. A estreita oposição mercurial em mortífera oito, perspectiva que mais tarde ensinaria a integrar valores ao que é dito, sendo a fala do bebê vermelho recolhida às mais limpas verdades numa infinita linhagem de matrioskas honesticidas. O inverno ameno o suficiente para que pudesse descer nua e com três joias douradas empedradas de Vênus: era assim que posaria no momento de se consumar o retrato da carta nascente.

* * *

No dia em que nasci tocava a Nona Sinfonia de Beethoven. A poesia empilhada de Schiller afronta a orquestra revirada e diz: "Ó amigos, deixemos esses sons! Entoemos outros mais agradáveis, mais alegres!"

O médico que dela me tirou, Doutor Sílvio, diante da assepsia gelada na qual o Ocidente transformou o rito do nascimento, fez questão de incensar a orquestra em K7, as mãos em plástico, e amenizar em alma o choque entre um mundo de completude e a luz fria do quarto do terceiro andar. Porta afora era Rita Lee cantarolando "por isso não provoque, é cor de rosa choque..." na vinheta da TV Mulher. Naquele 23 de junho o jornalismo nada apontou de relevante. Dercy Gonçalves comemorava 76 em algum lugar; dali a exatos 18 o Papa João Paulo II faria sua primeira visita à Ucrânia, enquanto o congestionamento da Alameda Campinas estressava mamãe estreante com a possibilidade de parir ali mesmo, no banco reclinado de uma Parati branca. Foi parto normal, se é que algum pode ser. Urrando o pouco efeito da recente anestesia, já pipocava ali a cabeça do rebento expelida em um único movimento, *allegro ma non troppo*, em pedal lá-mi de tonalidade confusa que não diz bem para onde vai. Limparam, cortaram e devolveram no terceiro tema, marcial; chorava, *stacatto* encrenqueiro. Escorregamos peito a peito em intervalos de oitava e quartas e quintas, era terça-feira. 1983. Mamãe olhou no relógio de ponteiro pregado à parede em frente ao leito: duas e dezessete da tarde na maternidade São Luís, São Paulo, e como se pudesse adivinhar, anteviu a leitura que fariam dela através daquele bebê, refletida em esfera quase completa, tão a leste que nem mais neste céu brilhava, mas em firmamento outro, soterrada pelo horizonte que avança sem pena sobre as bordas da abóbada. Pensou tudo isso com a Nona já nas nas últimas

> *Sobre o firmamento estrelado habita um pai bondoso*
> *Fraquejais, milhões de criaturas?*
> *Não pressentíeis, mundo, o seu criador?*
> *Busquem-no através do firmamento celeste,*
> *Sua morada há de estar mais além das estrelas*

e ainda teve senso de questionar: "Ora, por que não uma *mãe*?" Dizem que eu era um bebê vermelho e cheio de cabelo. Meu pai queria menina.

* * *

Mamãe foi a única mulher. Ao menos naquele dia, foi. E justo daquele dia inaugural ganhou o primeiro presente: o apelido, que veste há mais de seis décadas. Julgam, os que contam mal a história, que ter sido a única dentre tantos bebês machos fora o motivo pelo qual a alcunha Miss Berçário vestira-lhe como luva. Mas quem olha o céu sabe: aos que deusa Vênus escolhe brotar a leste, a incumbência de devolver a vida em verso a quem chora de morte é encargo sem fardo. Missivas de graça espalhava sem esforço, como migalhas de bolacha Maria. Em pleno velório de um tio, a viúva freou o sofrimento para lembrar, ao pé do ouvido, que mamãe fora "a criança mais linda que o mundo já viu", para então voltar ao choro. Missa, como findou aglutinada a metamorfose do apelido, criança de suave sociabilidade, moça de aquarela e vinho, senhora de resiliente elegância, diz ser feliz mesmo livre das quadraturas astrológicas, molas de força e desequilíbrio. Soterra no meio dos outros os porquês graças a um sol amarrado em Urano e afogado em casa doze. Submerso azul sem neto e sem pai, seu sol atravessa sagrado por toda sorte de caranguejos e peixes, guardiões de uma lua encoberta de afeto e de sua própria potência: minha avó.

* * *

Sônia foi mãe três vezes. Dois vingaram. Pioneira em desquite, sol em leão, acelerada, válvula mecânica. Tinta dourada no cabelo, Aldemir Martins na parede, homens do PSDB e suas malas de dinheiro. A praia, ela viu, a novela, o mar. Ter tido um neto médico. Ter sido Shirley Temple. Ria. Menos vinte, menos trinta mil. Juros, promessas, a peruca. Uma escola, teve, uma casa, herdou. Cortejada na dedicatória do quadro, do livro. Ensinou não correr atrás de homem, escolher entre os que vêm e permanecem. Memória em molho netuniano que perpassa carne, bolonhesa, sangue. Bisturi. Por dentro as que já foram, encuba, guarda, estão por vir. Em Uberlândia nasceu avó Sônia, lua de minha mãe, caçula de Antonieta poeta.

***

Os emes de Antonieta eram permeados por vales corridos. Montanhas pontudas e várzeas bem profundas separando as perninhas cursivas, como se o M estivesse de ponta cabeça. O mesmo acontecia com os enes. Ela foi professora quando tudo o que se podia ser era professora, e era um grande feito conseguir ser a única coisa que dava. Casturino seu pai saiu de casa pra se achegar com a tal da outra. Teve uns filhos a mais lá com ela. Depois voltou e teve mais uns dois outros com Leopoldina, mãe de Antonieta. Ao todo, treze. Se dava todo mundo bem, os filhos tudo. Casturino era filho do chinês de Macau, comerciante que não lembram o nome, e da francesa de quem só o nome lembram: Sarah. Antonieta tinha dois anos a menos que ela mesma. É que uma das treze crianças nasceu em 1900, mas não ela. Dois anos depois, ela sim, nasceu, e aproveitaram o registro e o nome da menina morta. Casou com homem lido, advogado e delegado. Três filhos, e para cada filho e neto de cada filho, uma poesia com vales e montanhas lida em voz alta na noite de Natal. Viu guerra, modernismo, astronauta. Chegou a virar século, mas não o centenário. Jurava. Morreu aos 101 – na conta dela, 99. Uns acham que escondia a idade. Em 1902 nasceu assim Antonieta, filha de Leopoldina, neta de Sarah, mãe de Sônia, lua de minha mãe e filha de todas as filhas das matrioskas lunares honesticidas de onde vim.

Colher

Ela sempre teimou: a colher intimida mais que a faca. Se fosse rodar um filme de terror, o assassino usaria colheres para assombrar e eventualmente executar as vítimas. É mais seco e inapropriado, diria. Mas eis que nossa memória sensorial, bagagem de incontáveis abacates, curais de milho, papaias e mingaus, não costuma relacionar colher com atos de violência. E se alguém afirmar o contrário, a etiqueta sugere silenciar e respeitar: a pessoa pode ter sofrido horrores na mão da pobre colher, e num impulso de expurgação da ofensa, convoca a própria ofensa como arma. Tampouco vem daí o caso dela. Isso que botou na cabeça, tudo indica que sem mais nem menos, até poderia ser algo derivado da dura submissão aos anéis da experiência. Mas não. Aqui o caso lembra artimanha supersticiosa. Escondida a colher no bolso de dentro do genérico *trench coat* plagiado da Burberry, logrou engodar fronteira adentro os oficiais da imigração de Heathrow. Na cabeça dela, uma excitante vitória do terrorismo.

    Vinte e cinco anos completos, Saturno distante de casa e aquela vaga abstração do poder discreto e infalível do utensílio-amuleto. Que contorna como água, não defronta, porém arranca. Cava no espaço a conjuntura oportuna. Conveniente é quem nutre e transporta e redunda e devolve vazia e se amolda de acordo com o espaço que cedem.

* * *

Avisaram, o bairro de Kensal Rise é um dos mais perigosos, não é bom sair da casa depois das 20h nem para usar o telefone público. Mas ela teima e trespassa o noroeste londrino absorta nas manifestações calcárias incrustadas no pavimento blocado, levantando a cabeça de quando em quando para conferir os pios dos pássaros de cuja existência ela não tinha noção, deglutindo um iogurte de frutas vermelhas da Tesco, pouco antes das 20h30. O sol está para se pôr. Ela vai ao orelhão mesmo assim.

As três quadras que separam o quartinho sublocado do telefone público pinçam lembranças de artigos que ela lera e recortara sobre o mais icônico utilizador de facas contra os corpos de suas amantes. Mais de cem anos a separam de Jack, O Estripador. De todas as vítimas do nebuloso assassino, a que mais lhe chamava atenção era Mary Lebond, enfermeira solitária encontrada em 1888 em sua casa na periferia da cidade, jazendo sem o intestino, mas segurando uma colher de pau. Desde que leu a história, ainda garota, aferrou-se ao utensílio e atou-se ao ponto cego da real identidade do facínora, passando a projetá-la em suas futuras relações afetivas – cá entre nós, ritual previsível de autossabotagem. Todo namorado, em poucos meses, tornava-se um potencial psicopata, ameaçando sua integridade física, emocional e até espiritual. A intimidade era o corredor da morte.

Sobrados vitorianos puritanamente enfileirados, um velho restaurante turco a postar sucosos cordeiros submersos em iogurte ao lado de um mercadinho paquistanês em cuja entrada adolescentes jamaicanos tomam TsingTao no gargalo, as garotas sacolejando seus *piercings* de umbigo numa dança selvagem equilibradas sobre tamancos plataforma transparentes, pelves pêndulos lado a lado sobre as coxas entreabertas das moças em torção. Ascendem os lábios piscantes pros moços metem o punho lá embaixo no bolso da calça *big*, rangendo dentes. O bolo de brilhosos suados expande as gerações de alto a baixo, dos arcaicos rituais tribais ao afro pop azeitado na purpurina da calçada. Aos 25 não lhe ocorre perceber o cenário londrino similar ao *milkshake* étnico do Bom Retiro e da Liberdade. A liberdade de tão simples clique epifânico demandou a travessia de um oceano inteiro sentido contrário ao dos colonizadores para ser conquistada.

Sanford Meisner, lendário mestre norte-americano que estabeleceu horizontes inéditos às técnicas do ator, é um dos grandes mentores ainda vivos da arte da interpretação. Seu método também pode ser descrito como um atalho que entrega aos talentos do ator um complexo tear afetivo para o qual bastariam mãos destras, dedicadas e imaginativas. Distanciou-se de dois outros célebres comparsas de pesquisa e planou voo solo da exata metade da década de 1930 até a de 1990.

Amanhã às 15h ela vai encontrá-lo. Escolheu coincidir sua temporada em Londres com uma das raras viagens do mestre ao velho continente para ministrar oficinas. Em contraste ao antecessor russo, o suplente reposicionou o alvo do ator nos tempos presente e futuro. Resistiu ao feitiço da gênese e criou exercícios fortalecedores da presença cênica a tal ponto que os bons artistas pudessem acessar, ilesos aos desvios das correntes tentadoras e violentas da memória, a esfera de ouro brilhante, lastro duro e irretocável da precisão dramática. O ritual iniciático da técnica consiste na repetição mecânica de afirmações banais entre dois sujeitos, um a respeito do outro. Mantralizadas *ad absurdum*, desencapam o fio das tensões subjacentes ao texto e as traduzem imediatamente em verbo.

Para que ela pudesse finalmente fincar os pés no agora e aqui, precisou abandonar outro homem, como sempre, no pretérito. Três noites insones foram úteis para notar a presença, ainda maior, do que deveria ter sido ultrapassado. Parecia urgente que ele deixasse de matutar sobre ela, para que ela também não pensasse mais nele. Antes de encontrar Meisner era preciso aniquilar o adversário brasileiro no duelo do orelhão. Quanto mais mecanicamente faminto seu discurso interno, maiores os nacos conquistados da carne antagonista.

Quando criança, desejava fundir-se a uma entidade ficcional que colecionasse realidades extraordinárias. Tingia o juízo com as matizes do desconhecido. Ficcionalizar a própria vida era desejo tão intenso que, de todos, foi praticamente o único que resistiu às severas avaliações sazonais do tempo e, enfim, se metamorfoseou em vontade. Passou a se dedicar sistematicamente à feitura do casulo, pupa gestatória de uma existência-receptáculo pronta para acomodar outros mundos. Nasceria dali uma persona capaz de antecipar as reações, um xamã que orquestrasse o arroubo alheio com graça e consciência. Fazendo as contas, tem gastado a vida toda na tentativa de garimpar outra vez as cintilantes partículas divinas que uma vez produziu. Ela tinha doze anos e estava no palco do acampamento com os tecidos de sua avó amarrados à cintura. Desferia no éter um monólogo cômico sobre a dura condição de ser mulher, um telefone em uma das mãos, um Lango-lango na outra. De volta ao camarim, algo se sagrava com suas primeiras gotas de suor e sangue. Um brilhante, tão denso quanto diminuto, ali alocado entre detritos, tinindo num feixe de luz uma trilha que, mais tarde, ela entenderia como a única possível.

Uma pedra dura e forte empurrava seus passos para o alto e adiante, na marcha ao orelhão. Era de asfalto o pavimento da calçada que, por mais impecável e imaculado e, imaginava ela, nobre e centenário se comparado aos do Brasil, não passava de betume cinzento agarrado a hidrocarbonetos amalgamados. Invenção babilônica milenar e bem-sucedida, há de se admitir, mas nada que justificasse sua mania de glamurizar o que vinha do estrangeiro, disfarce de inúteis distrações que abduziam o foco do polimento do diamante. Os passos ecoavam para cima. Já não reverberava o ruído dos jamaicanos, apenas um zumbido triste, uma egrégora silenciosa pós jantar. O silêncio permitia ouvir o barulho difuso das pisadas quicando. Sentia-se míope dos ouvidos.

Era noite de verão do norte, que custa a escurecer. Treva furada por arestas brilhantes de laranjas em alarde. O triunfo do breu represado por incoerência entre cor e horário consumou-se quando enfim a luz foi soterrada pelos ponteiros do relógio.

A igreja anglicana de St Martin no caminho fez pensar que seria o momento ideal para ter uma visão. Uma aparição desbotada, imagem de mulher translúcida subitamente materializada em frente a pesada porta de madeira azul. Os olhos ainda mais azuis do fantasma cravados nela. A aparição não diria nada, apenas atravessaria o instante tão silenciosa, certeira e veloz quanto o intervalo entre o ar que entra e sai dos pulmões. Os passos estupefatos em desaceleração e a colher de iogurte lambida escorrega da mão. O tilintar do metal desviaria seu olhar por uma curtíssima fração de tempo, suficiente para que a imagem desaparecesse quando os olhos inclinassem novamente em direção ao espectro. Seria finalmente o momento da compreensão: diferente do fantasma do pai de Hamlet a exigir vingança, a alva e reluzente mulher teria vindo clamar por perdão. "Perdoe, filha, ilimitada e completamente, todos aqueles que usaram uma faca contra teu seio. Tudo o que vive, morre." Seria ouvida, mas não mais vista. E teria partido, para sempre.

A colher catada do chão, melada da calçada, escondeu no bolso da frente da calça. A ideia era dar uma boa chupada final no que restara do iogurte, mas a queda cavou dela esse deleite. A cabine de concreto com porta de vidro sem assento nem lixo reciclável e ela sem escolha que não segurar a embalagem suja no correr da conversa. Antes de puxar a linha e cuidar da longa fila de números anotados num papelote dobrado em quatro socado num micro compartimento da carteira, destrambelhou-se um tanto na tentativa de desviar a mente do resquício de outras conversas acontecidas ali, no cubículo telefônico, ainda a ecoar numa dimensão mais sutil, ao contrário do silêncio concentrado da coxia, ao contrário do descanso de mais cedo: garota de sotaque *cockney* faz contraproposta a futuro empregador homem de meia idade aceita contrariado transferência bancária sua mãe uma senhora saudosa inventa apelidos quatro para mais opções outro homem rapidamente com a filha estava era bêbado conversa com ninguém insondável limbo dos que ensaiam, mas temem, a travessia porosa das faces esfaceladas da ilusão. Três tons a 440hz interrompidos por pausas glaciais pareciam anúncio de um último ato:

— Nem precisava ligar.
— Você está tentando me fazer sentir culpa?
— Eu estou tentando te fazer sentir culpa?
— Você está tentando me fazer sentir culpa.
— Ah, então eu estou tentando te fazer sentir culpa!
— Você sempre está tentando me fazer sentir culpa
— Cansei dessa sua loucurinha.
— Cansou da minha... loucurinha?
— Cansei da sua loucurinha!
— O que que eu fiz?
— O que que você fez?
— O que que eu fiz?!
— O que que você fez?!
— O QUE QUE EU FIZ?
— O que que você NÃO fez!
— O quê? O que é que eu não fiz?
— O que é que você não fez?
— O que é que eu não fiz!? O que é que VOCÊ não fez!

– O que é que eu não fiz?
– Ah, então eu preciso vir pra Londres, do outro lado do mundo, pra te dizer o que *você* não fez?
– É isso. Você quer acabar com tudo.
– Eu? Quero acabar com tudo?
– Eu tô dando comida pros seus gatos desde que você foi embora.
– Você está dando comida pros MEUS gatos desde que eu fui embora?
– Eu estou limpando o cocô dos seus gatos desde que você foi embora.
– Você está limpando o cocô dos *nossos* gatos!
– A minha tia está em Nice pra receber a gente em duas semanas e você quer acabar com tudo.
– Sua tia, sempre atendida nos desejos dela.
– Minha tia sempre atendida nos desejos dela?
– Sua tia SEMPRE atendida nos desejos dela.
– Mas isso estava combinado há três meses!
– Eu acho que a vida tem seus ciclos.
– Ah, você acha que a vida tem seus ciclos!!!
– Eu acho... a vida tem...
– Eu quero que você se foda.
– É... você quer que eu me foda, né.
– Eu quero que você se foda. Egoísta.
– Você quer que a egoísta se foda, eu quero que o egoísta se foda.
– Sabe qual é o seu problema?
– Você sabe qual é o meu problema?
– Você sabe qual é o seu problema.
– Ninguém sabe qual é O problema.
– Todo mundo sabe que tem um problema.
– Todo mundo sabe! Tem um, nenhum, cem MIL problemas.
– O problema é que eu quero ser feliz e você não.
– O problema é que VO CÊ QU ER SE R feliz? E?
– Você não.

– Eu não?
– Você? Não!
– Não? Você!
– O quê?
– É. Você.
– Eu?
– Sim, você.
– Você ainda lembra quem está falando?
– Não... já perdi, o diálogo é imenso.
– O diálogo é imenso?
– O diálogo é imenso e não termina.
– Ah, é infinito...
– Infinito?
– In fi ni to. Se você quiser.
– Quiser o quê?
– Que seja.
– Ora, que seja!
– Que seja...
– Feliz?
– Não sei, não lembro.
– Não lembra?
– Não lembro...
– Não lembra o quê?
– Do quê?
– O quê?
– Onde?
– Foi.
– Foi onde?
– Onde foi.
– Onde foi?
– Onde foi que você se perdeu?

Vertigem

A mesa de centro é de vidro. Disfarçar minha infame debilidade alcoólica exige um esforço extra sempre que apoio a taça de vinho branco sem fazer barulho. Trato de arregalar bem os olhos na esperança de absorver cada palavra em inglês que o gentil escritor resolve derramar em minha direção.

– O início precisa resplandecer como ouro! – Fico grata pela cortesia. A frase se refere à literatura, mas acredito que a equação se acomode bem a outras artes. Trato de aceitar o conselho e continuar a fingir que bebo.

A grande obra do anfitrião foi uma conhecida série de TV dos anos 70 sobre um detetive sem nome próprio. Depois da morte de seu parceiro e melhor amigo, vinte anos atrás, não lançou nenhuma obra inédita. Os direitos autorais parecem suficientes para manter uma suntuosa mansão na parte alta da cidade, bairro nas montanhas que tangenciam um céu exibidor de estrelas. Keanu Reeves é vizinho. A descrição que eu faria da sala de Bill se parece com o retrato que o próprio Bill fez da sala de seu personagem Arthur na abertura da peça teatral *Consciência Pesada*, da qual estamos prestes a negociar os direitos:

É domingo, fim de maio. O cenário, como será revelado adiante, é como um camaleão. Por enquanto pode-se ver apenas um ambiente decorado por mobílias caras, algumas cobertas por tecidos. O decorador deu um ar masculino ao ambiente e os poucos toques femininos – detalhes coloridos aqui e ali – parecem ter sido introduzidos por um instinto de sobrevivência. Na parede, pinturas minimalistas o observam silenciosamente. À esquerda, como um antídoto contra todas as quinas retas, fica uma antiga escrivaninha rococó. Arthur Jamison, 50, em pé no centro da sala, dá algumas tragadas em seu cachimbo, pensativo.

Arthur planeja assassinar sua esposa Louise, mas o jogo inverte. Ele precisa da ajuda de sua amante Jackie, uma jovem articulada e aparentemente destrambelhada que se esforça para usar salto alto, e que acaba compactuando com Louise na contra-missão de matá-lo.

– E então, *Consciência Pesada*, hein? – diz Bill, para início da conversa.

Somos quatro na sala. Eu, Bill, a esposa e a sobrinha. Cinco, contando a copeira latina que coadjuva de quando em quando para repor os quitutes. Seis, se incluído o *basset* marrom que se apaixonou pela minha meia-calça fio 20. Sentada no braço da larga poltrona onde afunda o autor, a esposa Maggie contorna o corpo do velho com o dela num ninho de amor acostumado. Gostaria de um dia ser capaz. Ele se apoia numa bengala e escuta com dificuldade a rouquidão de sua companheira, sem ter certeza de qual dos dois fora mais arranhado pelas décadas, se a voz afônica dela, ou se o ouvido fanhoso dele. Bill a ama e, ao contrário de seu protagonista, matá-la não está entre suas prioridades. Maggie parece essencial no que tange à vida prática de Bill. Negociou o valor dos direitos, organizou os petiscos, me buscou no hotel. Mal entrei no carro e notei a atriz que ela é. Desliza a mão na seta que pontua em verde o painel. No espelho o olho, a pista livre, torce o pescoço, dedos pousados no câmbio, automático como as primeiras palavras trocadas. Duas, três quadras intermináveis, o Brasil, imenso, sim, acredite, é só olhar no mapa. Modulada voz gasta, as vias são todas tão planas aqui, me conta em sílabas que mimetizam o relevo dos acidentes da vida. Preciso fumar muito para conseguir um timbre deste, penso.

— Gostaria de ver você em cena — digo, ao reconhecer uma alma pela voz.

— Aqui ninguém escreve para mulheres da minha idade. E quando escrevem, a Jane Fonda é quem faz.

Ponto morto. O sinal vermelho parece durar mais para os irmãos do norte. Mais adiante uma loja de fantasias: heroínas plastificadas e suas botas de vinil nos encaram através da vitrine sem entender quais são as nossas armas e para quem escolhemos apontá-las. A rouca elogia o texto que escolhi adquirir. Segue a pressionar o pedal e a expandir a aura em cores invisíveis a olho nu, e jorram faíscas que fertilizam a vontade de contemplá-la. Uns poucos artistas carregam germe precioso que desperta no outro a consciência de uma genuinidade familiar, incubada na penumbra da alma.

A garrafa já pela metade, cômica é a desgraça que ele narra sobre o dia em que não aceitou a proposta de um jovem diretor que queria filmar um de seus roteiros. O jovem assinava Steve Spielberg. Depois incorporou um 'N', com a justificativa de ganhar maturidade. Bill transmutou um de seus arrependimentos em aforismo como forma de cura. Diz que jamais se deve negligenciar alguém por ser jovem e inexperiente. Pergunto sobre seu falecido parceiro de escrita. Uma pausa e suas pupilas escorregam quilômetros para o lado direito, até a Filadélfia, os dois juntos no intervalo do colegial rascunhando roteiros para a rádio do grêmio naquele humor ácido de fim de tarde. Tacavam pimenta no contemporâneo, no cachorro quente, em busca de argumentos que, dentro das tramas de mistério, arrebatassem algum tabu. O protagonista negro, o casal homossexual, os prêmios. A íris chega a marejar no susto de voltar à conversa. Intuo que não se sinta à vontade em perguntar o que me fez voar até sua sala em Los Angeles na intenção de investir em uma peça em que o papel que me cabe não é o do protagonista. Que tipo de empreendedora seria? É como se tentasse enxergar algo além de uma jovem articulada e aparentemente destrambelhada que se esforça para usar verbos compostos. Me concentro em explicar que eu e meus parceiros ainda não temos os meios para produzi-la no Brasil – tento deixar isso claro para não criar expectativas irreais de que ele talvez volte a ser o sucesso que foi um dia graças à aventura que planejo. Todos, principalmente a sobrinha, perguntam muitas coisas sobre quem eu sou no sentido de verificar a aderência da esperança. Não domino a técnica do autocredenciamento fluorescente, não sei muito bem o que responder além da opaca verdade. Ele insiste em saber onde encontrei o texto até que finalmente revelo que o escolhi porque me lembra Hitchcock, e gosto de tramas de suspense. Soa como se eu tivesse feito uma vasta pesquisa. Mas a verdade é que tive sorte e confiei nas críticas. Li e gostei. O nome instantaneamente imantou. Eis que, décadas antes, ele e Hitchcock haviam trabalhado juntos.

– Alfred Hitchcock estava enorme de gordo quando fomos almoçar. Mal conseguia sentar na cadeira.

– Puxa... – não sei o que comentar. Não costumo compactuar com fofocas, mas talvez coubesse licença poética para uma intriga deste porte.

– Alguém sugeriu que gravássemos a conversa. Não achei ético. Ele nos deu uma consultoria sobre um roteiro que tínhamos escrito. Todas as anotações eram de Alma, sua esposa. Alma era o grande cérebro. Ele nunca deu a ela nenhum crédito.

– Sempre uma mulher sufocada por trás de um homem egoico, não é?

Sou sutilmente advertida pelo olhar reprovador de Maggie, como se tivesse revelado uma parte da história que devesse permanecer oculta. Talvez um trocadilho caísse melhor: "sempre uma grande Alma por trás de um homem sufocante", ou algo parecido.

– Conhece filmes brasileiros?

Ele adora *Central do Brasil*. Digo que fiz uma pequena participação em outro filme do mesmo diretor. Mas ele não dá importância e volta a falar de Hitchcock, desta vez com a voz mais grave:

– Hitchcock me deu uma dica que jamais esqueci: um roteiro só suporta uma coincidência. Mais que uma, e o público não confia mais na sua história.

Levantamos do sofá às oito e meia. Bill me conduz ao seu escritório, honrado pelas estantes ocupadas por prêmios de TV, Dashiell Hammet, Raymond Chandler, fotografias em fraques ilustres, Chester Himes, Allan Poe. A esposa vem atrás. A sobrinha olha no relógio de parede, como previamente ensaiado e avisa que vai me levar de volta ao hotel. Agradeço e entrego à Maggie o dinheiro dos direitos autorais. Eu trouxe o dinheiro numa espécie de pochete de zíper, um punhado de dólares dobrados que tiro de dentro da bolsa. A sobrinha ri ao volante e constata que a brasileira não é exatamente uma promessa do porte de Steve. Dou adeus ao casal e nossos corpos deslizam leve montanha abaixo. Estou certa da conclusão de um passo importante.

* * *

A noite brilha. Saio do carro da sobrinha dizendo algo como *see you soon* e, antes de me enfiar no quarto, dou rasante no piano-bar do hotel. Minha antiga empresária dizia que brindar as vitórias com álcool é ritual obrigatório, e sempre fazia questão de que eu engolisse uísque ou vodca sem gelo como gratidão às entidades que regem os contratos. As mesas estão abarrotadas pela confraternização de um congresso internacional de neurologia. Resta um único lugar no balcão. Molesto o corpo de lado entre as cadeiras e os olhares lascivos dos homens sentados nelas, espremida pela sutil vertigem do parasitismo energético dos lobos de meia idade. O amalgamado de ternos e barbas no salão em grave coro represado pelos meses mais frios explode em apneia rígida e reta como os prontuários médicos. A maioria não chegou aos cinquenta, muito menos o ruivo exaltado. Este nem quarenta conseguiu alcançar. É comprido e grosso como um tradicional irlandês e se lança como um foguete em direção ao balcão. Arrota alto batendo o copo na mesa antes de espalhar aquele monte de olhos verdes sobre mim e, impondo-se como um galo alfa, ameaça me pagar uma bebida. A canzoada se alvoroça na mesa. Tentam vampirizar meus vinte e cinco anos, mas meu corpo não cai. Declino. A garçonete se solidariza com a conjuntura. Tem por volta da minha idade e deve ser atriz, por aqui todos os atores são também garçons. Gim-tônica é o drinque do verão, e embora esteja ventando vinte graus lá fora, me invade a sensação adolescente de começo de férias. A versão clássica da bebida apresenta submersas fatias finíssimas de pepino e um bocado de gelo numa taça larga e funda. Foi o primeiro passo de um projeto, pode-se dizer que vale por um contrato, no idioma dos anjos do entretenimento. Mergulhar é preciso. A moça traz o drinque, faz a gentileza de me deixar experimentar para só então pedir minha identidade. Dou três goles profundos com os olhos cerrados de prazer e alívio, apoio o copo por alguns instantes e então viro mais três para comemorar a estreia, o figurino discreto de Arthur, a antessala do Sesc Anchieta lotada de convidados e átomos de Antunes e Antígonas, bom agouro, merda para nós, mas olha só quem veio, meu antigo professor, é ele, sempre presente, uma honra receber esses amigos de infância. Imagino a composição vocal possível para a moça destrambelhada, voz de cabeça, a cena em que Louise me revela que conhece o plano, vai ter espumante, certeza, o alter ego de Arthur, poderia ser o mesmo ator, como no filme? Nem todo mundo é Anthony Hopkins, nem todo mundo. Configuro um cenário menos realista do que as rubricas indicam, a trilha sonora, quem faria? A cena final, aquela prataria amontoada sobre o carpete onde jaz o corpo tombado e cheio de sangue do protagonista.

– Ma'am, your ID, please.
– Oh, I'm sorry.

As mãos deslizam pela perna, estou de vestido, sem bolso. Vasculho a bolsa, batom, carteira, celular, notas fiscais. O passaporte não está ali. Por um segundo suspenso no tempo meu estômago se transforma em pedras de gim. Me arrebata de enjoo o flash terrível e certeiro: o passaporte ficou na pochete de zíper que entreguei à Maggie.

Abandono o fim da bebida e o número do quarto no balcão. Maggie não atende o celular. Nem ela, nem a sobrinha. Caminho em círculos pelo hall, tento novamente, nada. Envio dois e-mails. Meu voo parte amanhã de manhã para o Brasil. Não me resta outra alternativa além de montar num táxi e voltar à casa nas montanhas.

Quarteirões desesperados de neon azul, a luz do teto para procurar mais, estamos quase lá, esquece, na bolsa não está. É na próxima à esquerda, as curvas nauseantes da montanha escura, menos alarde e mais pressa. Mansões cada vez maiores, é do lado daquela branca. Obrigada.

A campainha se esconde. Três vezes mais constrangida, é assim que me sinto, como se tivesse passado de fase, agora tem mais monstros, estou bêbada. Respiro. Será que estão dormindo? Uma prece rápida, não lembro de nenhuma, a porra da campainha, é tão difícil achar esta merda?

– Puedo ayudarte?

A pequena figura da copeira, já sem o uniforme de hoje a tarde, desconfiada, de pantufas, shorts largo de basquete e moletom da UCLA, brota por detrás dos arbustos podados em perfeitas esferas.

– Holla, soy eu! – não sei se é o gim que anula a tônica do meu inglês, mas a desgraça deste portunhol parece destrancar o sorriso nela, que vem chegando devagar como se me esperasse há décadas. Junta os dois pezinhos embalados em fofura xadrez, deve calçar 35 ou menos. Abraça uma mão na outra na frente do peito num gesto delicado de afastar invasões e diz:

– Ya estamos durmiendo aqui.

Quer me ver convencê-la de que preciso entrar, pois sabe o que vou responder e por mais que seu corpinho denote cerimônia, um semblante convidativo vaza por trás da fachada de guardiã.

– Mi passaporte!

– Que pasa?

– He olvidado – nem sei como soube dizer, nem sei como coube sorrir.

Eis que a mão esquerda se desprende da direita e vem sondar meu ombro rígido, raro alento de aquarela e vinho que reconheço por sentido primitivo e sem nome. Catalina indica o caminho até a porta e arrasta a pesada folha de madeira talhada pelo assoalho polido.

– Buscale.

O parco fulgor da luminária deixa ver a combinação de mostardas e bordô dos motivos persas que rastejam por debaixo dos móveis masculinos. São eles que se mexem, ou meus olhos que se perdem? A pouca luz e a geometria sinuosa remetem à vertigem dos cassinos de Atlantic City, cujas tapeçarias mareiam o labirinto da mesma maneira, mas por razões distintas. Ou nem tão distintas. Malditos americanos, em 2009 me fizeram escoar 200 dólares roleta abaixo naquela babilônia da jogatina turística por pura náusea de cor. É cálculo, matemática. Uma volta após a outra e não se percebe o quanto se gastou, eles estão cientes da dinâmica, pior, a criaram a partir do carpete que simula volumes, ilude depressões, Escher, coisas assim. Mas que interesse os americanos teriam no meu passaporte brasileiro? Trato de largar a associação delirante e conspiratória e num esforço sobre-humano de lucidez, me agacho para fuçar o chão. Ultrapasso a mesa de centro engatinhando para fugir das pistas falsas da mente e verificar a possível presença do documento ali, mas sou interrompida por um escândalo maciço que arrebenta o silêncio da calada. É a porta talhada que irrompe em estrondo. Num sobressalto fico em pé sobre os joelhos, como um castor.

– Catalina?

Nem um pio ou alma viva. Só o que se ouve é o estalar das variadas madeiras que compõem os móveis visíveis na meia-luz.

A beirada do sofá me convida a escalar o tecido de linho que o agasalha. Uma braçada, outra, e quando recobro a autoconsciência, meio corpo já se eleva sobre o estofado. Apoio uma das mãos na almofada para que a outra possa enfiar fenda adentro, no abismo dos blocos tectônicos do acolchoado, poço de tudo o que já foi perdido. É como se a cratera puxasse meus dedos em direção ao infinito, onde tudo o que foi esquecido pudesse ser apalpado, mas jamais visto outra vez. É o limbo dos assuntos que fugiram da memória, onde jazem arcaicos emaranhados de cordas, fotos rasgadas, pontas soltas, esferas enjeitadas, sentimentos ignotos, pensamentos de toda ordem, lisos, rugosos, desenganados pelas secreções do tempo e do pó. Tomo um deles na mão, cuja textura possibilita agarrar. A gravidade do buraco faz sugar meu punho em progressão: braço e ombro, numa densidade inimaginável. Finco os pés no chão e promovo um giro do corpo que faz de mim mesma o torque que me tangencia para fora do horizonte de eventos do sofá, de onde sou arremessada com violência. Despenco sobre o tapete, a mão fechada, os dedos como garras sobre o objeto sortido.

Qual não é minha surpresa ao notar que o assunto encontrado na cratera é justamente uma alça que traz consigo a pochete de zíper. Ela mesma.

Antes que consiga recompor o fôlego da severidade da batalha ouço meu nome deslizar pelos corredores da casa, cantarolado por voz de seda. Não sou capaz de afirmar se uma ou duas vezes, e embora o eco dos caminhos calados da mansão confundam os ouvidos, uma senhora vestida de terninho salmão sobre cardigã listrado, cabelos curtos e uma grande testa faz questão de chamar uma terceira vez para não restar dúvidas de que sabe mais sobre mim mesma do que sou capaz de imaginar.

– E não te ofereceram uma sopa? Que gentinha medíocre.

Não é Catalina. Não. Não é a sobrinha, nem a esposa. Nunca vi esta senhora nem seu manso sorriso, que segue a embalar:

– Ouvi sua conversa com Bill. Não dê importância sobre o que ele diz dos prêmios. A maioria foi menção honrosa. Ele gosta de se gabar, especialmente para moças jovens. Sabe como é, Bill é uma peça – e vai caminhando devagar em direção à copa.

A cabeça latejando enquanto a vejo de costas. Tem corpo redondo e cabelo nevado. As pernas finas. Apoio a pochete na mesa de centro, ainda encarcerada pela musculatura rija e dedos que custam a abrir. A madame volta com duas cumbucas azuis e uma cestinha de pães sobre uma bandeja de prata que apoia sobre a mesinha. Pouco a pouco os dedos cedem. Tento segurar o zíper. As mãos a tremer de susto, ânsia, talvez fome.

– Quem é você?

– Por que não prova o caldo? Nem tudo o que procuramos está onde pensamos que está. Mas não desanime.

Mordo o zíper com os dentes da frente, as mãos sísmicas insis-

tindo na estabilidade do objeto. Um movimento brusco de pescoço e a bolsinha escancara. Para completo desgosto, está vazia. Nem dinheiro, nem passaporte. – Merda!
A madame contempla impassível meu desespero, com rosto de cágado e corpo de flamingo, porém empenhada em oferecer consolo:
– Tudo vai ficar bem. Você precisa comer. Aquela gente não se importa nem mesmo com a qualidade dos antepastos...
A fumaça sobe da cuia como um incenso, presságio de estômago pleno e mente sã. A alma amansa embebida em espesso caldo e mama nas deleitosas lascas submersas na treva do visco. O tino falha em compreender os gostos. Seriam legumes? raízes?
Alheia às inúteis oscilações que me aprisionam a mente, a mulher senta ao meu lado com os pés firmes no chão, os joelhos juntos e as mãos apoiadas sobre eles, numa postura de ofensa ao ego e ascensão do espírito e lança:
– Alfred não estava tão gordo assim quando deu a consultoria. Para ser sincera, sempre foi um homem bastante elegante no trato com os seres humanos, sem falar nas gravatas... raramente saía sem elas. Alinhadíssimo. Bill é que estava acima do peso, não gosta nem das fotografias da época. Alf tinha acabado de filmar *Vertigo*, foi uma revolução. E Bill... bem... Bill nunca foi um artista, não é mesmo? Hahahaaaa...
– Ora, de certa forma...
– Arte – pontua, seguindo num grande suspiro, como se a palavra dispensasse verbo ou qualquer tipo de complemento – Por que prende seu cabelo neste coque?
– Desculpe?
– Perguntei se já tentou se parecer com outra pessoa para que gostassem de você.
– Não – mas a enxaqueca sem trégua me torna mais honesta, ou

talvez mais consciente das verdades que escapam – O tempo todo, sim, infelizmente.
– Algo em você me lembra Kim Novac. Versão latina, é claro. Talvez as sobrancelhas arqueadas. Ou o ar blasé.
– Ah, tá, respondo, pensando "Quem se importa..."
– Você se importa?
– Como?
– Espero que não seja alérgica a camarão.
– Que eu saiba não. Por quê?
– A sopa.
– Ah, sim. Mas... não tem gosto de camarão.
– Você notou como Bill é dependente de Maggie? Não é capaz sequer de saber o horário dos remédios. Infernize a pobre coitada, não consegue ter sossego nem para se dedicar aos arranjos de ikebana. Ela se distrai assim. Bill é obsessivo, não deixa que ela fique muito tempo empenhada em coisas que não o incluam... Uma vez Maggie saiu para pintar os cabelos...

E segue história adentro, de quando Bill teria invadido o salão simulando um ataque do cardíaco, os papelotes ainda presos no cabelo de Maggie na emergência do hospital, as unhas frescas sobre o cartão do plano de saúde. Algo no meu organismo não está bem para além do problema do passaporte. A realidade vai perdendo nitidez, a face da senhora desdobra em dois rostos idênticos falando sem parar, como uma réplica holográfica que embaralha a história num eco de voz grave e maciço. Tapo um dos olhos para melhor focá-la e, com sorte, ver a história chegar ao fim. Mas para meu desespero, ela muda de assunto:

– As melhores criações de lhamas estão no Oregon. Criar lhamas é uma arte, aposto que Bill não te disse isso. Você aprecia lhamas?
– Lhamas?...
– Que bom que gostou da canja.

– Mas não tem frango nesta sopa, como pode ser canja?
– Creme de palmito. As atrizes precisam brigar por cachês melhores no seu país. Já fizeram greve?
– Olha, a situação lá é bem diferente. Você não entenderia. Nunca vi palmito cor de laranja, por favor, do que é a sopa?
– Não se preocupe em pagar os direitos autorais para Bill.
– Mas eu já paguei!
– É abóbora com gengibre. Você não vai fazer esta peça.
– O quê?

E como se eu fosse uma criança de cinco anos, segura minhas duas mãos nas dela, a voz pausada sorvida em condescendência para clarificar o que talvez estivesse ainda em estado bruto no horizonte das pontas mal amarradas, dos prognósticos sem adesão, do abstrato porvir sem alicerce:

– O diretor que vocês escolheram vai cancelar a leitura, ele tem outras prioridades. Vocês do elenco ainda não são famosos o suficiente para atrair os patrocinadores. O dinheiro, sabe como é... não vai sair.

– Mas...

– Fique tranquila, um personagem similar vai te procurar. Mas não no teatro. Entendeu? Não se iluda com teatro.

– Quem é você?

– Não sou Alma, nem Madeleine
Nem ninguém que precisasse antes
existir para então cair
... no seu esquecimento

* * *

Escancaro as pálpebras. Sinos virtuais escandalizam o susto das sete horas. Uma única réstia brilhante vaza pelas cortinas *blackout* da janela do hotel. Reviro as pupilas buscando alguma referência. O iPhone 4 insiste em musicar a confusão dos lençóis 600 fios dos quais tento me livrar no escuro para alcançá-lo. Quase perfuro a tela ao fazê-lo calar. A agenda avisa que meu voo sai em quatro horas. O chão frio, a mala quase pronta. Alcanço os produtos de higiene no banheiro, visto o jeans e a blusa de botões separados sobre a cadeira. Ao lado esquerdo da cama, sobre o criado mudo, o vidro de homeopatia para o fígado, dois grampos de cabelo, 'Matadouro 5' de Kurt Vonnegut e o passaporte. Enfio tudo junto na bolsa de mão e saio ventando pela porta, na esperança de conseguir um café e um *muffin* de *blueberry* antes de pegar o táxi.

Manhattan

Um filete de lua boia sobre a avenida 53. Restos de azul minguado dobram a madrugada na escolta do táxi amarelo. *The dawn wraped up by the pale blue*, a frase até soaria bem em inglês, mas para ela anda valendo mais a pena em português. Uma larga pista desliza por baixo das rodas e os contornos de arranha-céus, cada vez menores no espelho retrovisor, desaparecem aos poucos numa terça-feira aleatória que amanhece em degradê de laranja em laranja. O carro faz a travessia entre um dia prematuro e uma noite que demora a desistir. São quase seis da manhã e ela ainda está desperta no banco de trás, para finalmente acordar com a vida que segue. O motorista oriental dirige a palavra estrangeira enquanto a moça, sentindo o peso das pálpebras que não pregaram, custa a notar que é com ela. Ele insiste:

– O rapaz vai sentir sua falta.

Ela responde:

– Eu também, a dele.

– *So, that's fair* – conclui, para logo emendar – Você gosta da lua? – procurando sentido nas fotos que ela tira do badulaque do céu.

Difícil responder, pensa. Não pela sonolência de quem virou madrugada, mas por saber ser a lua o endereço da alcova onde ela e Deus dormem juntos, o útero de todas as noites, onde o coautor

completa em alquimia o que a natureza deixou em aberto. Lua, noite. Deus. Não é simples como gostar ou não. Então, decide simplificar:
– Yes... fully.

* * *

Walt Disney lê um roteiro em uma mesa. É uma peça de teatro. Sobre o próprio Walt Disney lendo um roteiro autobiográfico que nunca foi filmado. Dica quente da revista *Time Out* e os últimos dois lugares disponíveis, distantes três fileiras ela dele.
Fadas e elefantes exauridos de magnitude prostram-se diante de seu criador, um outrora soberano do planeta dos entretidos. Caberá dentro do mundo um novo mundo? Será promissor fundir sonho infantil com o implacável mundo real, atormentar a fantasia sem a eventual maestria de reis e magos?
Um soco na mesa e o mundo concreto como terreno ideal. Quarta parede abaixo, público cenário adentro. Sente-se capaz de atuar como uma espécie aprimorada de Deus. Deus este que responde apenas ao sócio fundador do universo, o irmão Roy, agente financiador de sonhos.
A voz que preenche o texto, até mesmo as rubricas, emana do primeiro ator da companhia. Do alto de seus setenta e tantos, num ímpeto rasgado, imprime um ressentido velho bêbado, e não uma lenda do entretenimento, como o ator mediano se faria soar. Dilacera as intervenções do irmão, assim na cena como na lenda:

W – E todos eles dizem: bem, ele só faz *cartoons*.
R – Eles?
W – Dizem
R – Sobre
W – Mim

R – É bom...
W – Importante?
R – Dá dinheiro
W – Realmente deveria, precisaria, gostaria de...
R – Algo diferente
W – Expansivo!
R – Onde?
W – No mundo real...
R – ...
W – ...
R – Ah. Isso...
W – Nada de política. Políticos, não sei, não é isso, esse tipo de coisa não...
R – Muito... eu diria... arriscado
W – Empurrar suas visões políticas aos outros
R – Seria tipo
W – Cutucar com os dedos
R – Falar de política
W – Penso em algo mais real, documentário talvez, mas não isso.
R – Certo
W – Talvez mostrar natureza, viagens, animais, ir a lugares onde as pessoas jamais iriam, onde dá trabalho demais ir na vida real
R – Montanhas
W – Ninguém realmente quer escalar montanhas, porque afinal, quem tem tempo?
R – Alaska
W – Claro, e
R – Talvez outros países
W – Não é preciso sair da América, as pessoas não estão interessadas em
R – Okay

Na fileira C, o moço que vai sentir minha falta dali a três dias se inclina em direção ao proscênio. Se esforça para não perder nenhuma palavra, o jogo é rápido e é preciso ficar atento ao idioma. Três fileiras para trás, quinto assento da direita para a esquerda, ela se coloca em primeira pessoa. O vapor luminoso, fulgurante e vibrante altera a estrutura dos seres, garantiu o poeta numa noite quente em sua Paris distante. Na Manhattan desta Manhattan o testemunho da obra verdadeira troca a lente angular pela objetiva, desnubla a visão de um mundo único, emite a sentença do todo nas partes daquela parte.

* * *

A simplicidade do rato que consagrou Walt Disney esconde na gênese um drama complexo e tipicamente americano. Ambição, vaidade e tecnologia da produção se misturam num enredo de altas apostas e arrepiantes traições. Em plena depressão econômica, tomaram de Disney não apenas o coelho Oswald, criação promissora cujos ex-distribuidores assaltaram a patente, como também a equipe de animadores. Equipe, vale revelar, exausta das intermináveis jornadas exigidas sem os devidos créditos artísticos. Assim desperta o homem, sobressaltado com as ralas reservas no banco, uma pilha de animações encomendadas e sem braços que lhe ajudassem. Entretanto, graças a certo empreendedorismo vingativo e ao bom senso da esposa, sua sorte mudaria mais uma vez. Nuns minutos inspirados de certa manhã, talvez sem querer, gestou em seu caderno de rascunhos o maior fenômeno pop da primeira metade do século. Lillian, a esposa, lia uma revista quando Walt gritou:

– Veja, desenhei um rato! Vai se chamar Walterman!

Sem tirar os olhos do artigo sobre os benefícios nutricionais do aspargo, ela disse:

– Não. Vai se chamar Mickey.

* * *

Gramado verde. O dedo encontra a entrada próxima, parece um oásis carimbado no centro do mapa cinza. É junho neste outono do avesso. O mundo descansa sobre a primavera étnica da Rua 96, Gate of All Saints. A cabeça dela largada sobre a perna dele diz que está apaixonada. "Isso passa". Ele sente que o corpo o limita. Se aborrece com um passarinho autoritário. Ela ri de um dono que imita o próprio cachorro. As mãos relaxam todas no cafuné da grama recém nascida. As frescas folhas da relva iludem o casal: os átomos de um são os átomos de outro.

* * *

Vento que voa do trilho levanta o tricô. Ela sente frio e ele abraça. Ela lembra tudo. Estava embrulhado num casaco de lã quando a conheceu já perguntando se queria de ter um filho. Ela, um gole do uísque. O sono denso trança a mesma lã pesada por trás dos olhos dela.

* * *

O rastro brilhante de um beijo-rasgo se alastra na constelação das pálidas sardas, uma a uma sugadas no muco escuro da boca. Nove abraços expandem quatrocentas superlínguas em órbita, oito mil umbigos pontilhados no vazio. Ele sou eu e ela é quem agarra, inverte e afoga o universo do outro que no escuro recebe, espelhado noutras três fêmeas, quatro, dezesseis amalgamados em um vírgula seis, dízima dourada de impossível gênero quântico. Holográfico amparo da queda livre do infinito. Foi só ali que o tempo deixou. Explodiu a força contraditória do ridículo tornar-se invencível quando vulnerável.

* * *

O cartão não passa. Ela desliza novamente. Não passa. Não é boa com tarjas pretas. Já foi um dia, hoje não mais. Conseguiu. Visse antes a liberdade de uma só letra em diagonal, medicação abria espaço para nascer meditação. Nos últimos dias esqueceu. Sente os músculos do espírito levemente comprometidos pela brecha da negligência, dias de tentação mergulhada nos placebos do mundo além-pele. Promete que vai recomeçar tão logo os parênteses se fecharem. Assina embaixo. E inclui 25% de gorjeta. O oriental a ajuda a remover as malas lotadas de coisas inúteis.

* * *

W – E seu filho? Posso colocar seu filho recém graduado em... como se chama mesmo?
R – Pamona College
W – Claro, é uma boa para ele, um bom começo
R – Sem dúvida bom para ele
W – Deixá-lo, talvez, assinar a produção, eu e você, e ele e eu e você, nossa família, negócio em família
R – Legal
W – Sem mulheres
R – Oh
W – Hahahahaha
R – ha
W – Haha
R – ha
W – Haha e você
R – Financiando
W – Encontrando os meios de

R – Pode ser difícil achar uma distribuidora
W – Não me incomode com
R – Porque as pessoas não estão interessadas em documentários como estão em cartoons
W – É só botar o meu nome
R – Sim, mas
W – Meu nome traz bastante
R – Sim, eu sei, mas

A reação do ator da fileira C se harmoniza à regência do ator na cena. Revela-se o domínio da energia que poucos artistas sabem operar, maestria rara e efêmera. Pode-se escolher o caminho de uma vida inteira atrás dos mesmos instantes perdidos. Só para alcançar mais um segundo. É o que me revelará em dois dias. Em geral ele rege. Hoje não.

* * *

Por mais que existam passagens densas de quebras de contrato, exploração, obstinação e ganância, talvez o que mais perdure na história do homem por trás do rato seja seu entusiasmo, leveza e uma inegociável fé na arte.

A personalidade viva e espontânea que conseguiu manter intacta mesmo trabalhando na montanha russa da nascente indústria do entretenimento pode ser testemunhada em alguns registros em filmes disponíveis na internet em que Walt aparece dublando personagens com uma graça quase infantil, trocando afagos com a esposa como um adolescente apaixonado, e liderando reuniões de trabalho como um doce general *naif*.

* * *

Todas as raças tomam sol de sutiã e ninguém parece notar, muito menos reclamar. Três ou quatro posturas de yôga são suficientes para que ele volte a sentir o chão nos pés, a língua no céu da boca e o esfíncter contraído. Felicidade é querer estar exatamente onde se está, ela pensa. Mas não diz. Não quer ouvir outra vez que isso passa.
    A pedra é dura como o *réveillon* passado.
    Ambos respiram melhor agora. Saem de mãos dadas e atravessam uma avenida com nome de número. Na outra mão, a ediçãozinha surrada de *Leaves of Grass*: mares de sumo brilhante fundem o céu.

* * *

Ele: transtorno infartar em Nova York. Foi só wasabi, nada grave, formigamento na língua, normal, o problema é no braço, pensou, ensaiando alívio, mas não, morrer numa boate do Harlem? Ternos coloridos, visão derradeira, arco-íris de ébano em mente atonal sem descanso, não sei se é hora de começar a me envolver, diminuto com sétima é acorde de tensão, estação Central Park North, jamais falaria isso alto, o plano de saúde nem foi validado pro estrangeiro, parece que é lei agora, e a multa, não tem multa, não tem nada de hospital, tá tudo bem, estação Times Sq, sequelado em questão de tempo, hahaha, fundo preto, reflexo, a cicatriz ela não reparou ainda, essa luz me mata, mas foi bom, foi bom, importante dançar, ninguém me reconhece aqui, como é lindo o anonimato, sou lindo ainda, dependendo da luz sou bem foda, essa merda de botão maior que a casa, só comigo, vou levar o texto do Disney pro zeide, dá pra montar no Brasil será, lá o Mickey também é ícone, Paulo Goulart, Falabella, quem sabe Jô Soares...
    Ela: dormiu o caminho todo esticada no banco.

* * *

E arrasta as malas pelo hall pantanoso de serotonina. O corredor pegajoso, ensopado de prazeres, tenta impedi-los de chegar ao fim. O táxi amarelo apressa o beijo sonâmbulo, são cinco horas, mala, vitrola e promessa, serão amigos para o resto da vida. O motorista oriental ajuda a organizar a bagagem. O beijo que ele manda de longe atravessa o vidro de trás do carro em movimento. Um filete de lua fecha os parênteses que minguam sobre a avenida a correr por baixo do carro.

– O rapaz vai sentir sua falta.

Telepatia

Cara Lavínia,

    Arrebatada por incondicional honestidade te abordo neste contato inicial. Tenho como mantra 'a verdade é minha blindagem'. Gosta?
    Espero que estas palavras transmitam o entusiasmo que salta destes olhos, ainda meus. Sei da impossibilidade do toque e da presença física, mas tente imaginar como meu corpo sacode de pavor. Debate madrugada adentro em arrependimento antecipado, ao mesmo tempo em que ferve num delicioso *frenesi*, destes difíceis de descrever àqueles que nunca cruzaram a linha do horror. Bem, o importante é que saiba do vigoroso ímpeto que me move em sua direção. Com alegria juvenil nadarei em seu sangue.
    Sua pele sobreposta à minha, artérias embaraçadas. Mal posso esperar. Prometo não economizar lágrimas e fazer jus a todo sofrimento que você merece, doce Lavínia.
    Com os melhores cumprimentos,

    L.

*

L.

Começaste mal. Blindagem ou salvaguarda já não são possíveis àqueles que, como dizes, cruzam a linha do horror. Acostuma-te a pisar no lodo e trata de enterrar imediatamente a alegria juvenil junto às saltitantes confissões. Aprende a mentir. E mentir bem. A verdade nada te garante na tangente deste reinado. Releva minha falta de tato. Como sabes, já não tenho mãos. Compreendes algo assim?

Faz o que sugiro ou permanecerás acorrentada às pedras onde quebram sobrepostas ondas em genéricas espumas que somem com o vento.

Assim te desvias, com tuas alegrias e tuas delícias, em direção à efemeridade de uma bolha, a superfície dos bem-intencionados. Se é tal o teor do contato, economiza nosso tempo e não me procura mais.

Daqueles que não ousam perfurar as águas rumo aos trágicos abismos oceânicos confesso-me farta há séculos.

E por fim: nadar em meu sangue? Ora, afoga-te de uma vez!

Lavínia

*

Minha cara Lavínia

Perdoe minha leviandade. Excitação em demasia são lindos balões voando sobre um bosque seco. Fico grata por me fazer lembrar. Embora duras as lições atiradas, devo dizer que me fizeram mais confiante. Explico: sempre vi em sua figura uma mulher inteligente e articulada, digo mais, sutilmente debochada, qualidades ofuscadas pela insistente pureza com a qual insistiram em encarná-la. Sua mensagem é prova de minha intuição.

Embora apartadas por imensuráveis grades holográficas de embaralhados tempos e impossíveis espaços, julgo termos bastante em comum. Me arrisco a dizer que somos uma na outra, como decalques. Por fora aparenta pureza, e eu, deboche. Por dentro, somos o que a outra não é.
Verá se não tenho razão.
Muito respeitosamente

L.

*

L.

Das mulheres sois inimiga e manchais o nosso nome, diremos certa altura. Guarda portanto a cautela como amuleto. Ainda ouço ecoar minha própria e derradeira voz, as últimas frases em choro solitário em meio à folhagem seca que cobre o corpo dos vencidos.

Uma ponta de adaga em minha garganta, afundando impiedosa ao som do gosto azedo de sangue a jorrar e do riso dos monstros sorvendo da boca eternamente calada.
Esforça-te mais.

Lavínia

*

Doce Lavínia

Não sei o que é não ter mãos. Ou língua. Mas vou descobrir. O horror verdadeiro seria maior que o horror inventado? A verdade não se inventa, afinal? Seu mundo, um tear de inconscientes interligados, as cordas tensionadas e tocadas, foi obra de um pai e grande artesão, sim, mas que tecia um esforço muito mais laboratorial e experimental para Hamlets e Macbeths vindouros do que para sagrar aquele reino como a maior qualquer coisa que fosse.

Sinto muito. Você não se sente um protótipo avermelhado de Ofélia? Assim como tua terrível Tamora, mera massa de modelar uma ardilosa Lady Macbeth. Não teve metade da reputação mas ganhou um nome próprio. Puxa, que vantagem!

Sem outro assunto por agora, subscrevo-me com muita estima,

L.

*

L.

Deselegante de tua parte, a comparação. O que cada criatura é capaz de ser e gerar depende de dois eixos: um deles quem define são as condições do meio, e o outro diz respeito à labuta de cada um: a vontade. Arrisco dizer que teu tempo é impregnado de ansiosas generalizações, muita diversão e escasso denodo. Acaso te munisses de mais brio próprio, quiçá poderias desenvolver um menos frívolo ensaio acerca de tão disparatadas suspeitas.

Lavínia

*

Lavínia

Não vejo divertimento como sentimento menor. É possível conquistar quase tudo nesta vida. Mas a alegria é a prova dos nove.

Gostaria de desafiá-la a se divertir ao meu lado.

Que tal nos encontrarmos na roda gigante do Grande Parque na Cidade? Levarei o suficiente para dois algodões-doces. Não é preciso língua para degustá-los, eles derretem sozinhos.

L.

*

L.

Decerto aceitarei a contenda. Zarpo hoje, a cruzar os montes; na bagagem, o essencial. Encontrarás minha natureza não uma, mas três vezes. E gostarás de mim ainda mais.

Lavínia

*

Linda Lavínia

Mal posso esperar. Se fossem gravetos as extremidades de minhas mãos, não sentiria a textura de tua pele, mas tatearia os tímidos volumes de teu corpo. Tenha uma excelente viagem. Te aguardo. Ansiosa.

L.

*

L.

O caminho tem sido agradável. A densidade dos bosques escuros e frios abriu-se em fruitivo horizonte. A neve se desmaterializou em azuis lençóis. Cabras e alfazema fenecem em campos ora mais e mais verdes. De longe vejo o cinza, as pontas quadradas da urbe lúgubre e acelerada destas vossas vidas. A distância é curta.

Lavínia

*

Dileta Lavínia

Cá estou no Grande Parque da Cidade. A temperatura é amena, um lago contorna um toldo vermelho sob o qual dois trapezistas afligem uma plateia de crianças sentadas num chão de tiras de madeira. Vou à cata do algodão doce. Acredito que a fumaça que sobe perto do trem fantasma seja indício de área de alimentação. Apareça!

L.

*

A espera é um barco sem porto... Mas ainda, espera.

*

Lavínia!

Estou ao pé da roda-gigante, um algodão-doce em cada mão. Onde está você?

*

Estou nos arredores. Talvez tenhas te precipitado. Nos encontraremos entre as crianças. Aquela de quem não poderás fugir aceitará o doce. Então, olha fundo nos meus olhos.

*

Lavínia, oi?

Desculpe, não sei se entendi.

*

A autonomia da atriz frutifica desde que amarrada a certas obediências... Anda.

*

Nossa, Lavínia...

Um rapazinho de dar dó ficou radiante com a oferta do algodão. Lágrimas escuras despencaram dos olhos vermelhos do pequeno. A pele encardida me comove. Agarrou com as duas mãozinhas maltratadas de unhas de granito e engoliu o quitute quase de uma vez! Agora levantou-se. Sua cabeça bate na altura de meu umbigo. Quer me dizer alguma coisa, acho.

*

Escuta.

*

Ele diz:

A mágoa reprimida
como forno cuja boca é tapada
abrasa o peito, deixando o coração desfeito
em cinzas.

Eu não tô legal.

*

Escuta!

*

Não sei se posso reproduzir com exatidão... ele menciona um monstro, um instrumento de cordas, se ouvi bem um *alaúde*, e uma faca trocada pelo sono tranquilo de quem deixou as mãos não sei se palpitantes continuarem a afagar um cérebro, ou cérbero, algo assim.

*

Como se sente?

*

Profundamente triste, de repente.

*

Ótimo. A partir de agora sugiro que te quedes em silêncio. Vai em direção ao lago. Vais encontrar uma senhora de longo vestido rendado bordô alimentando os marrecos.
Ofereça o outro algodão-doce à boa senhora.

*

Mas está metade comido!

*

Ou metade *não* comido? Pois: envelhecer é saborear as inteirezas do que resta.

*

Ela come muuuito lentamente. Parece colher os menores nacos possíveis de propósito. Não diz nada.

*

Que mais faz ela?

*

Contempla os marrecos que nadam.

*

Procura imitá-la, contempla os marrecos que nadam.

*

Não parece difícil. Por que, ainda, as instruções? Preciso ver você!

*

Teu trabalho é desdobrar o que sentimos.

*

Não sei se entendi.

*

Persiste.

*

Já passaram duas horas!

*

Não é rico medir o tempo.

*

Afe...

*

Estás a sair-te bem. Conforme termine de comer a boa senhora, pula a cerca que contorna o lago. Mergulha.

*

Hein?

*

Acata. Ou nada de encontro.

*

A água está gelada! O alvoroço das aves me intimida...

*

Caminha até que a água te cubra por completo. Mergulha.

*

Tudo é turvo, tudo é gelado.

*

Afunda.

*

Sinto as folhagens ao fundo do lago. Não sei se tenho ar para ir mais fundo.

*

Agarra-te às folhagens. São copas de árvores. Escala um tronco de cima para baixo até encontrares um novo chão.

*

Posso respirar!

*

Desce até o bosque, e caminha por ele.

*

É fim de tarde. Piso em sementes secas, vejo brotos pelo chão.

*

Alguma pegada humana?

*

Sim, agora vejo.

*

Segue.

*

São grandes! Botas masculinas, quem sabe, duas pessoas.

*

Logo verás...

*

Deus!

*

O que vês?

*

Algo terrível! O rapazinho maltrapilho do algodão-doce... dilacerado. Seu corpinho pendurado de ponta cabeça, as tripas pendentes a escorrer num rubro visco entre os brotos verdes.

*

Contemplemos com aceitação a criança dilacerada. É o fim do caminho. Parabéns. Meu corpo sacode de pavor. Joga fora o amuleto da cautela. Julgaste eu e tu termos algo em comum... Afoga-te de uma vez. Perdoa a leviandade! Com alegria juvenil nadarias em meu sangue. Experimenta nadar como uma adulta, agora. Acostuma-te a pisar no lodo. A verdade não se inventa, afinal? Não. A verdade se depura. Ela sempre está lá, encoberta por coisas inúteis. Que tipo de verdade? A única invariável. A verdade dos marrecos que nadam. Não parece difícil, disseste. Difícil é descrever o horror àqueles que nunca cruzaram a linha. Não é? Sim. Queres falar sobre o lago? Não é preciso. A criação está aqui. Me abraça. Gostarás ainda mais de mim. Seremos uma, agora. Nós.

Gatuno

Para variar, hoje é mais um dia em que ninguém me confere a honra de oferecer aos curiosos um relatório sobre minha vida de gato. É portanto com humildade que invisto na empreitada, por assim dizer fantástica, em direção aos largos e preciosos protocolos desta natureza que vos vala.

Se eu lembrasse de tudo que a Louca da Echarpe viveu, seus cabelos, alisados pela insistência da escova em punho e estorvados pelo vento quente, acusariam a pressa que ela não tinha quando o evento era importante. Para ela, compromisso era prenúncio do exibir-se em alarde vocal, sonora cadência rítmica com a técnica a nós atribuída desde antes da Tábua dos Sumérios, o canto lunar, vítima da impermanência das águas do mundo, reconhecido tarde demais para que ela possa se orgulhar, mas cedo o bastante para que uma ou outra vítima caia por ela enfeitiçada. Antes que guarde a escova na gaveta errada outra vez e depois troque para a gaveta de cima, um de seus muitos ritos bocós de repetição com os quais ela faz questão de entulhar um dia como todos os outros, cheio de falsos problemas, menciono meu interesse pelo filetinho de água que a torneira é capaz de verter quando aberta. Ela, perdida num hall de ansiedades de estrela prometida, me deixa outra vez com a pocinha do ralo. É curioso como essa gente que cogita o topo da linha evolutiva se desfaz no previsível estágio rastaquera dos que se creem muito diferentes entre si, mas que acabam emaranhados em desejos, incompletudes e dramas existenciais tão diversos quanto um novelo de lã difere de outro novelo de lã.

Ela testa a echarpe de seda, tento agarrá-la no ar enquanto plana sobre minhas orelhas, testa outra, suponho de cor vibrante, *cashmere*, esta sim preserva e acolhe o aparelho vocal, mas ela rejeita, parece se sentir antiquada no reflexo, não repara muito em mim no canto inferior direito, devem ser os motivos indianos que remetem à forjada iniciação espiritual de barraquinhas de incenso e também a pressa, claro, ela já foi mais carinhosa, vai trocando pela terceira, lã pesada, pontos largos bons de desfazer, salivo, sente-se clássica. Sente-se rica, sente-se deusa germânica, fértil e capaz de tudo adivinhar, triste teia de ilusão. As pontas soltas do destino são presas fáceis das garras da roda da repetição, e também das minhas.

Pronto. Entregou, no vacilo das echarpes, que a noite não passará de angústia, via crucis de estrela prometida que pode, claro que pode, vir a ser; mas: não é. Vai sair mais uma vez atrás de alguém que confirme seu talento, que ateste alguma validade às horas gastas em brrrrrrraaaa trrrrrreeee bláxi bléxi blíxi e aqueles vibratos que imitam cabra, luta árdua contra as delícias da vida animal, aqui onde nos reconhecem sem etiquetinhas de concursado nisso, bem-sucedido naquilo, graduado em não sei quê. Terei de atrapalhar.

Nessa sorte de bípede que anda orgulhosamente sobre os calcanhares ela está agora a provar sapatos. A temperatura do aquecedor, mais alta do que deveria, e ela a caçar as meias. Do cume do armário me inclino, mas esta mariposa é rápida demais, maldita, me dá nos nervos quando não consigo pegar logo de cara. Desce mais um pouquinho, desce, malditinha. Agora vai. Vem... vem... Voou. Para o teto. Ódio. Na próxima não escapa.

Decolo macio armário abaixo, escala de impacto breve na cama, me arrasto sem ruído pelo carpete polido, sem chegar a ser lagarto, apenas ladino. Pouso prosaico para me poupar e esnobar a nobre pompa que me furta dos rituais enfumaçados e de frequência negligente que ela executa quase mecanicamente só quando algo dá errado na vida. Injustamente é justo o que escolho pisotear: o altar desses anjos gordos de lascados membros onde empurro querubins comprados em décadas douradas que descascam na porcelana vetusta, turmalinas brutas, dente de alho esbarrado no sal grosso, Iemanjá pra cá, Ogum pra lá, dois homens se beijando em Paris num postal assinado "para sempre teu, Caio", preso com durex na parede que puxo e rasgo de leve antes de dar com o que mais interessa: *Un Thé Bien Fort et Troi Tasses*, repousando sobre a mesinha indiana de canto, termômetro que mede a razoabilidade de seu francês em local de trânsito proibido para felinos. Nada como descansar a bunda em capa dura e firme de literatura vertida ao estrangeiro, minha mente salta em flashes, como se pudesse arranhar as lantejoulas coladas uma a uma na saia do baile verde em pleno desfile pela Rue de Rivoli enquanto me contemplam as varandas curiosas e pasmas exorbitando de riqueza. Nem a desagradável temperatura de fevereiro é capaz de deter a francesada tresloucada. A festa da rua avança sobre os casacos e atropela os quarenta e quatro anos e cinco meses de quase todos os presentes dentro e fora das sacadas purpurinadas do Marais, gente por um lapso desmemoriada de tudo quanto é problematização a cada gole de Fra Angelico no carnaval do desfile do gato. Aplausos! Eu: tenho a força. Sou: invencível. Juntos: venceremos a semente do mal.

    Deu certo. De todos os cantos da casa, o único capaz de fazê-la mudar a rota do emperiquitar-se é o local sagrado da leitura diária, incompatível com bundas. Desvia momentaneamente do culto a si mesma no espelho e vem em minha direção. Mas hoje está obstinada. Em vez de ganhar mimo, sou imediatamente içado, pela barriga, da capa dura floreada que remete a toalha de mesa, assim, sem muita ternura, e faço pouso forçado no sofá verde da saleta, que mais lembra um gramado descuidado no qual, frustrado, faço questão de afiar as unhas e destruí-lo um pouquinho. Vejam só, a meia fina que ela procura está aqui ao lado. Por um impulso de benevolência negativada, empurro-a para debaixo do sofá. Mais alguns minutos ganhos.

A inerente habilidade para o despojo, arte de esmerado gamanço, maestria sui generis herdada de Hades em pessoa, talento para poucos, diga-se, acabou contaminando um bocado o entorno. Uns batizam de karma, outros de genética. Se desse nota, o universo daria cinco constelações a vovô em sua fase mais notável; umas quatro para a Louca da Echarpe ao me afanar do ex-namorado e sete estrelas para mim, uma para cada letra do nome que carrego.

Mamãe foi a escolhida do maior ladrão do mundo. Conquistou o grande gatuno, pessoa dotada de cultura de berço, sábio em diferenciar o sopro sutil do felino soprano e o miado vulgar de um gato qualquer. O filho do maior ladrão do mundo venceu a semente do mal, herdou a bichana e virou cantor de letras infantis no grupo Trem da Alegria.

* * *

Abriu o laptop. Vai falar com alguém. Os e-mails resolve sempre pelo telefone. É a segunda vez na semana dessa ruiva nua na tela. Os peitos maciços como leite empedrado no contraste com a sala escura de onde fala. Enquanto planejo o entrave certeiro que a impeça de sair, a Louca da Echarpe realça os olhos com fuligem mesclada a malaquita e carvão, pigmento encontrado nos vasos do falecido faraó Menes da dinastia inaugural. Delineia as pálpebras superiores investindo na fantasia de seus olhos serem mais puxados do que são. Buscando precisão, vale-se da própria imagem no Skype ao achegar o rosto à tela. Do outro lado, como que a tocá-la, a mão da ruiva nua aproxima a primeira carta do buraco negro que as separa. A louca, a delinear-se, não percebe que é um nove de espadas. Configuram estratégias, permutas mágicas de manipulação cósmica discursando em pó de canela, nomes enfiados em maçã no mel, um rapaz em sua vida, moringas de argila, valete de paus, nesse jogo de egocentrismo assistido onde cada um fala do outro como se fosse de si e olha para si como se fosse o outro. Tudo para que triunfem esplendorosas com aval das indizíveis entidades do sucesso.

Não espero nem peço que se dê crédito à história sumamente extraordinária e, no entanto, verídica, que vou narrar. Não estou louco e com toda certeza não sonho. O brilho rubro dos cabelos da vermelha perpassou a tela e de supetão plasmou-se nas bochechas da louca fazendo-a parecer com o grande e ruivo coração do ás de copas. Num surto de comoção, o ímpeto forte demais da boa nova escangalhou o trabalho milimétrico do delineador, transfigurou a pintura minimalista em violenta e borrada abstração. A louca disparou até o banheiro tomada de otimismo temeroso a fim de corrigir a tragédia do olho. Meteu-lhe desmaquilante sem parcimônia, e com as mãos trêmulas de aborrecimento e pressa acabou comprometendo todo o resto da pintura. Sem que houvéssemos arremessado qualquer palavra pensada nos encanamentos da telepatia, a ruiva nua ajudou-me a angariar belos minutos no esforço de atrasar a louca. Diante do espelho, teve de voltar às primeiras notas da pintura, num concentrado concerto corretivo para base e batom. Deu conta de abandonar a colega enclausurada em tela de onze polegadas, que acusava onze minutos passados das onze horas no canto lírico superior direito.

Lentamente uma sensação de medo se apoderou de meu corpo, quase não podia crer no que estava a se transformar bem ali à minha frente. As pupilas da ruiva alongaram-se na vertical sobre a íris esverdeada, abrindo-se como dois portais do inferno. Na mesma hora o nariz triangulou para baixo. Sobre seus cabelos, agora negros, cresceram duas orelhas pontudas como as minhas, as mãos peludas firmes no teclado. Um enorme rabo se fez ver por detrás de seu novo peitoral em trevas, que ao inflar-se para o alto, emitiu um estarrecedor miado. Era, sem sombra de dúvida, um gigantesco gato preto: enorme como um porco castrado, preto como fuligem e com arrojados bigodes de cavalaria. Trêmulo de pavor, apoiei as patas em pequenos passos sobre as letras pretas. Aproximei o focinho do plasma na tentativa desesperada de usar o faro e conferir a veracidade do vislumbre diabólico. A criatura me observava com ignóbil desdém do lado de lá, e como não bastasse estar viva, ainda fez questão de acender um cigarro.

Apontei agudíssima miadela em direção ao banheiro para convocar a louca em meu auxílio. Pelo andamento, deveria estar no último ato do concerto do olho, mas fui completamente ignorado. Quando tornei outra vez a mirar o animal nojento, tomei veemente baforada de fumaça que me desconcertou ainda mais que o susto inicial. Cego de pavor e inconformismo permaneci encolhido num canto do quarto. Quando minimamente recuperado mirei a tela novamente, não havia mais gato, mas ruiva, agora ela, segurando o mesmo cigarro e rindo às gargalhadas de mim.

Não fosse conhecedor da perseguição pela qual atravessa minha espécie, a humilhação não tomaria tamanha proporção. Mas meu corpo sintonizou as dores seculares de holocaustos felinos e somatizou em paralisia momentânea os martírios de zombaria e estúpida superstição inquisidora. Atingiram-me os berros ensacados na galhofa do zé povinho, ardores de sádicos sacrifícios pagãos no fogo da Idade Média, felinos comedores de língua tratados como urubus, martírio de chumbinho e bombas no rabo.

A Louca da Echarpe a essa altura já estava quase pronta. Notou meu encolhimento delirante e me afagou atrás da orelha, assim, como sabe que gosto e me arrepia. Ora, talvez por pena, ela agora desista de sair. Levanto esta hipótese pela alta temperatura a que programou o incansável aquecedor. Talvez fique em casa. Talvez fique comigo esta noite.

* * *

Vovô roubou 2,5 toneladas de dinheiro de um trem que ia de Glasgow para Londres e ficou famoso pela quantia, sim, mas em especial, pela hábil arquitetura de uma fuga nada discreta, entretanto precisa. Incitado pelos músculos elásticos das patas traseiras, saltou cinco vezes o próprio tamanho perpassando os impossíveis muros da prisão. As espáduas sem conexão óssea, mas revestidas por fortes ligamentos, deram conta de amortecer a queda no Rio de Janeiro, cidade que escolheu para esconder-se e espalhafatosamente procriar um astro mirim e uma autobiografia. Abandonou os pelos do veludo cotelê em pleno Galeão em nome de bermudas de sarja dobradas acima dos joelhos. Preferia as de cor cáqui que compunham bem com camisas de estampa florida entreabertas nos entraves do bairro da Glória, por onde desfilava religiosamente de seu quarto e sala na Cândido Mendes até a adega Pérola. Protegido em Botafogo pelo chapéu de palha panamá, achava graça dos atrasos dos sinos, tanto da igreja, quanto das calças alheias. Ia de polvo marinado e vinho branco de segunda a sexta, e a cada sábado tornava-se mais e mais perito em cachaças. Nos meses em que ventava sentia certa nostalgia da cevada morna, mas esse era raro. Poderia estar pior, pensava. Poderia estar preso aos temperos ingleses.

Só os de idade alta contemplaram os anos áureos de vovô, época em que a estrela ditava o triunfo, menos estratégia e mais suor e sorte. Encontrava aconchego nos lamentos de Maysa, nas graves esperanças de Beth Carvalho, no consolo dourado de Alcione. Talvez pelo mesmo motivo a louca continue movida a sair de casa, como se a noite prometesse algo além dos mesmos gatos pálidos pingados em inerte plateia.

* * *

Noite dessas saí pela rua, atravessei duas casas sem trânsito, achei que fosse dar com a Tule debaixo do Lada bordô da Sula, mas não. Fui reto até a casa cinco, "aquela que só cruza quem traz a criança no corpo", como a Louca da Echarpe fala quando cita Mateus. Estava lá o homem da Belina gasta fazendo barulho com aqueles outros bípedes moloides. Do pouco que vi pela janelinha, era mais uma tropa tentando soar como Jards Macalé. Podia ser pior, podiam estar tentando soar como Tom Jobim. Os versos arranhados me fizeram lembrar de vovô:

Vejo o Rio de Janeiro
Comovo, não salvo, não mudo
Meu sujo olho vermelho,
Não fico calado, não fico parado, não fico quieto,
Corro, choro, converso,
E tudo mais jogo num verso
Intitulado
Mal secreto.

Ela se mete num capuz e procura as chaves. Pressinto o enorme fracasso, o bater da porta que se aproxima. Fiz tudo o que pude, acredito. Sofri magia, penei como um cão, tudo para ser abandonado na longa noite sem quentura, afago e atenção? Mas minha tragédia, aos curiosos que restaram, conta com uma cartada final. A tomada do aquecedor neste último ato emerge negra fumaça e a bênção de um curto-circuito desce ao palco como um Deus suspenso por arames. A espuma do assento verde brota rasgo afora em labaredas que se espalham com uma rapidez e uma força difíceis de se conseguir até mesmo com benzina. Queimam as meias escondidas nos escombros do sofá, a cara echarpe faz coro flamejante, generoso calor que empresta em sequência às demais. A tela que abrigava a ruiva derrete e estala enfim purificada. A TV despenca do rack de madeira branco. Chamas picotadas em verde horrendo configuram minha paz e preservam meu caráter de qualquer desfecho arbitrariamente pessoal. Fez-se a luz. Fogo. Nem sofá, nem culpa. Hoje ela não vai sair. Vai ficar. Aqui. Comigo. Nós. Eternamente juntos, presos nas brasas do amor sem fim.

POSFÁCIO DA AUTORA

Nem Sofá Nem Culpa é resultado de uma coleção de crônicas escritas ao longo de 7 anos, retrabalhadas e ficcionalizadas em 2016 e 2017, numa imersão literária com o editor Guilherme Coube, responsável pela primeira publicação deste livro na editora Touro Bengala. As experiências originais foram semente e raiz do exercício da liberdade criativa dentro da memória, e os sete contos, seus frutos. Os encontros semanais propunham exercícios específicos como testes de cadência e sonoridade verbais, alternância de locução narrativa, além de passeio por outros gêneros: autobiografia, drama, reportagem, prosa poética.

Vila Ida é o nome do bairro onde passei a maior parte da infância. Nem Lapa, nem Pinheiros, a Vila Ida se separa da Vila Madalena graças à Vila Beatriz. Madalena, Ida e Beatriz eram filhas de um fazendeiro português dono daquilo tudo. O comércio de gelatinas foi um empreendimento verídico de baixíssima longevidade porém alta diversão. A Padaria Milagrosa segue sinistra, porém frequentável. Os cães e gatos citados são a mais pura realidade. Os girinos em movimento circular uniforme não.

Matrioska partiu de uma provocação do editor para o desenvolvimento de um parágrafo cujo embrião era o título: *Mãe*. O exercício rendeu memória suficiente para atravessar as gerações de mulheres da minha árvore e delas evocar novos sentidos, gerados via mapas astrológicos, cidades de origem e detalhes pescados das tantas vivências compartilhadas. É verdade que nasci ao som da *Nona Sinfonia*. Foi lindo.

Já estive no bairro de Kensal Rise e já tive receio de caminhar até o orelhão depois das 20h. Mas o contato com a técnica de Meisner, descrita no conto **Colher**, deu-se em São Paulo, no ano de 2011, com uma professora americana chamada Natalia Lazarus. A oficina de interpretação foi ministrada no bairro de Santa Cecília. Quem me recomendou o curso foi o ator que não fez o papel de Arthur na não montagem da peça *Consciência Pesada*.

O conto **Vertigem** nasceu de um encontro real com William Link, autor da peça *Consciência Pesada*. Eu estive em sua casa em Los Angeles e de fato comprei os direitos de montagem. Conforme profecia da senhora de terninho salmão, esta sim, completamente fictícia, a peça não se concretizou. Ainda.

Escrevi **Manhattan** em Nova York em 2013, quando cobria como repórter televisiva um festival de música experimental. O que era para ser uma viagem de trabalho virou também uma intensa aventura amorosa com um ator brasileiro que se atirou comigo nos espetáculos off-Broadway. Graças a ele fomos assistir *A Public Reading of an Unproduced Screenplay About The Death of Walt Disney*, de Lucas Heath, de onde os diálogos foram mais ou menos transcritos. O poeta francês citado no conto é Baudelaire em seu texto 'Salão de 1859'. "Os átomos de um são os átomos de outro" é uma alusão ao terceiro verso de 'Folhas de Relva', de Walt Whitman, poema de 1855.

Lavínia, personagem do conto **Telepatia**, é também personagem da tragédia *Tito Andrônico*, de William Shakespeare. No ano de 2016 participei como atriz de uma leitura aberta da peça no Sesc Santo André. Um ano antes fizera Ofélia no teatro, em uma adaptação de *Hamlet* para os tempos de hoje. Como comentou meu primeiro editor, talvez a grande atualização de Lavínia para Ofélia se traduza no dito feminista "meu corpo, minhas regras".

Bandido, o siamês protagonista do conto **Gatuno**, acaba de completar onze anos. Não um, mas dois gatinhos da ninhada foram realmente roubados de um ex-namorado, amigo de Juninho Bill, do Trem da Alegria, a quem a gata mãe pertencia. Por anos a fio, espalhei pelo mundo que Juninho Bill era filho de Ronald Biggs, assaltante do trem pagador. Mas não. O filho de Biggs é Mike, do Balão Mágico. Tal qual o gato e seu avô humano, a autora é também portadora de gene torto, portanto afanou frases, palavras, contextos e personagens de outros escritores para inserir no conto. Mas aqui faz questão de entregar os devidos créditos. *Um Relatório para uma Academia*, de Franz Kafka (parodiado no primeiro parágrafo); *O Mestre e Margarida*, de Mikhail Bulgákov, na descrição da transformação da ruiva, a própria ruiva, e o gato preto em que ela se transforma; além de palavras e pequenas frases aleatórias pinçadas de diversos contos do livro *Antes do Baile Verde*, de Lygia Fagundes Telles, e do conto 'O Gato Preto', de Edgard Allan Poe.

* * *

Este livro não seria possível sem o intenso intercâmbio artístico com o editor da primeira publicação, Guilherme Coube, sempre regado a piano, chás orientais, livros, contos, tarô, legumes empanados na tapioca, Kafka, Leonardo Fróes, Clarice Lispector, Jorge Luis Borges, Lígia Fagundes Telles, revista *Serrote*, Allan Poe, Kurt Vonnegut, Hilda Hist, Daniel Galera, João Cabral de Melo Neto, John Fante, Tchekhov, Eduardo Galeano.

Agradeço aos amigos que consultei e que se dispuseram a ler as versões iniciais de alguns dos textos e aos que, direta ou indiretamente, me estimularam a escrever este livro até o final: meus pais,

Alexandre Canonico, Caco Ciocler, Camila Biondan, Clara Averbuck, Dea Martins, Eduardo Benaim, Felipe Ribenboim, Gabriel Falcão, Guilherme Coube, Gustavo Vaz, Fernanda Stefanski, Jô Bilac, Juliana Galdino, Leonardo Moreira e Cia. Hiato, Marcelo Arbix, Mariana Metri, Mariana Portela, Newton Cannito, Olívia Cardoso, Patrícia Cividanes, Pedroca Monteiro, Roberto Alvim e Cia. Club Noir, e Ruy Filho.

Agradeço especialmente ao Filipe Moreau e à Editora Laranja Original, pela disposição em fazer esta nova publicação, com alegria e generosidade.

© 2018 Luisa Cretella Micheletti

Todos os direitos desta edição reservados à
Laranja Original Editora e Produtora Ltda.

www.laranjaoriginal.com.br

EDIÇÃO Filipe Moreau
PROJETO GRÁFICO E CAPA Flávia Castanheira
ARTE DE CAPA Luisa Cretella Micheletti
PRODUÇÃO EXECUTIVA Gabriel Mayor
FOTO DA AUTORA Fernando Queiroz

Esta edição segue o Novo Acordo Ortográfico da Língua Portuguesa.

Dados Internacionais de Catalogação na Publicação (CIP)
(Câmara Brasileira do Livro, SP, Brasil)

Micheletti, Luisa Cretella
  Nem sofá, nem culpa / Luisa Cretella Micheletti
  2ª ed.
  São Paulo : Laranja Original, 2018
  ISBN 978-85-92875-39-8

1. Contos brasileiros I. Título.
18-18162   CDD-869.3

Índices para catálogo sistemático:
1. Contos: Literatura brasileira 869.3
Cibele Maria Dias – Bibliotecária – CRB-8/9427

Esse livro foi impresso no inverno de 2018,
em papel Polen bold 90 g/m²,
pela gráfica Forma Certa.